LA PETITE FILLE ET LA CIGARETTE

Du même auteur

ROMANS

Sommeil perdu, Grasset, 1985.

À propos des Vaches, Les Belles Lettres, 2000 ; « La petite vermillon » n° 194, postface de Jean-Pierre George.

L'Amoureux malgré lui, Gallimard, « L'Infini », 1989.

Tout doit disparaître, Gallimard, « L'Infini », 1992 ; Folio n° 3800.

Gaieté parisienne, Gallimard, 1996 ; Folio n° 3136.

Drôle de temps, Gallimard, 1997, Prix de la nouvelle de l'Académie française ; Folio n° 3472, avant-propos de Milan Kundera.

Les Malentendus, Gallimard, 1998.

Le Voyage en France, Gallimard, 2001, Prix Médicis ; Folio n° 3901.

Service clientèle, Gallimard, 2003 ; Folio n° 4153.

La Rebelle, Gallimard, 2004.

ESSAIS

Requiem pour une avant-garde, Nouvelle édition à paraître aux Belles Lettres, 2005 ; Pocket « Agora » n° 234.

L'Opérette en France, essai illustré, Le Seuil, 1997, Prix Pelléas, Nouvelle édition à paraître, 2006.

Le Grand Embouteillage, Éditions du Rocher, « Colères », 2002.

Benoît Duteurtre

La petite fille et la cigarette

roman

Fayard

1

Chacun des deux textes paraissait indiscutable… sauf qu'ils conduisaient à des conclusions contraires. D'après la loi de l'État, le condamné Désiré Johnson agissait de son plein droit en invoquant l'article 47 du code d'application des peines qui l'autorisait à griller une dernière cigarette avant l'exécution. De son côté, monsieur Quam Lao Ching, directeur de l'établissement pénitentiaire, appliquait rigoureusement l'alinéa 176.b du règlement intérieur en lui interdisant d'allumer cette cigarette. Ajouté un an plus tôt sous la pression des associations de défense de la santé publique, cet appendice proscrivait la consommation de tabac dans l'enceinte de la prison. Évidemment, l'idée de défense de la santé d'un condamné à mort pouvait laisser perplexe, sauf à y voir un raffinement dans la cruauté; mais une telle mesure, bénéfique pour le plus grand nombre, ne souffrait aucune restriction. D'un autre point de vue, l'article 47, quoique tombé en désuétude, autorisait de façon incontestable le prisonnier à tirer les quelques bouffées où s'exhalait son ultime volonté.

Apparemment indifférent au sort qui l'attendait, Désiré Johnson arborait son air buté. Dans l'antichambre de la salle d'exécution, un échange silencieux opposait le condamné à mort, un grand jeune homme noir, très calme sous ses tresses de Rasta, au responsable de l'établissement, un Vietnamien diplômé en droit, récemment nommé à la tête de cette prison ultramoderne pour y assurer le bon déroulement d'une dizaine d'exécutions capitales par an. Le petit corps de l'Asiatique semblait contracté par une vive agitation intérieure. La volonté d'accomplir son devoir sans commettre d'erreur, la crainte d'une entorse au règlement, l'obligation de prendre une décision se traduisaient par le retour du même ordre, répété d'une voix mécanique qui trahissait son manque d'assurance :

– Je vous demande, monsieur Johnson, de bien vouloir formuler une dernière volonté compatible avec le règlement intérieur de cette prison.

Impassible dans sa tenue orange fluo, les poignets entravés par des menottes, Désiré Johnson n'avait rien de provocant, ni même d'insolent. Il arborait plutôt l'espèce d'inconscience qui avait tellement dérouté les jurés pendant son procès – lorsqu'il affirmait n'avoir pas poignardé ni dépouillé ce policier de quarante-trois ans, dans une ruelle près de chez lui. Plein d'assurance, le regard franc, la tête droite entre ses fortes épaules, il s'était cru obligé de préciser : «Je le croisais parfois et, franchement, c'était un salaud de gros raciste. Si j'avais voulu zigouiller quelqu'un, j'aurais sûrement choisi un type dans son genre!» Au regard des indices concordants et trop nombreux, cette déclaration ambiguë avait sonné comme un aveu; mais quelque chose de chevaleresque, dans ses propos, attirait la sympathie de l'auditoire, surtout quand Désiré avait ajouté : «Me demandez pas de pleurer ce mec qui harcelait les gosses au lieu de les aider. Moi, jamais de ma vie je n'ai fait de mal à un enfant!»

Le tribunal était resté partagé jusqu'à ce que le procureur parvienne sa conclusion : Johnson était en état de manque au moment des faits; on avait retrouvé l'arme sous sa caravane; et pour couronner le tout, il acceptait le principe de ce crime odieux. Il devait payer. La question de la naïveté se posait pourtant une nouvelle fois, ce matin, à Quam Lao Ching, exaspéré par le calme avec lequel Johnson répliquait sans se lasser :

– Mais, monsieur le directeur, c'est écrit.

Ce faisant, il tendait au patron de l'établissement une photocopie de l'article 47 : quelques lignes extraites du code d'application des peines stipulant que «le condamné à mort pourra accomplir, avant l'exécution, une dernière volonté conforme aux usages...» La notion d'usage prêtait certes à discussion, mais le texte allait jusqu'à donner quelques exemples précis, tels que : «boire un verre d'alcool, fumer une cigarette...» Ces indications datant d'une autre époque autorisaient, un demi siècle plus tard, Désiré Johnson à écarquiller ses gros yeux en assurant :

– Je veux juste fumer une cigarette. J'y ai droit, monsieur.

À entendre cet imbécile, on aurait cru vraiment que la question, pour lui, n'était pas d'agoniser dans un quart d'heure, de plonger dans le néant à la fleur de l'âge, mais seulement d'obtenir ce à quoi il avait droit : en l'occurrence, cette saloperie de cigarette qui, chaque année, détruit des millions de vies humaines à travers le monde !

Après dix-huit exécutions accomplies sans incident, Quam Lao Ching avait fini par se regarder, non sans vanité, comme un bon professionnel ; un exemple de rigueur, d'humanité et d'efficacité dans la mise en œuvre de la loi démocratique. Jamais, pourtant, il n'avait rencontré ce cas de figure et, malgré tous ses efforts, rien dans ses souvenirs d'étudiant ni dans sa formation juridique ne lui apportait un début de réponse. Certes, l'interdiction du tabac à l'intérieur du centre de détention avait suscité, au début, une certaine tension dans le quartier de haute sécurité ; mais le résultat était là : en quelques mois, bon gré, mal gré, tous les prisonniers avaient arrêté de fumer. Aux plafonds de l'établissement, des détecteurs automatiques piégeaient la moindre émanation suspecte et les récalcitrants avaient fini par renoncer sous la menace des autres détenus qui ne supportaient plus ce déclenchement des alarmes, à n'importe quelle heure du jour ou de la nuit. Guéris du tabagisme eux aussi, les condamnés à mort ne réclamaient donc plus la fameuse « dernière cigarette » ; la plupart d'ailleurs ne réclamaient rien, ils pensaient à leur trépas. Les médecins, de leur côté, déconseillaient l'usage du petit verre de rhum, certaines réactions chimiques entre l'alcool et le produit mortel injecté pouvant se révéler imprévisibles au moment fatal.

– Je veux simplement fumer ma cigarette, répétait Johnson, dans une atmosphère de plus en plus tendue, entre les gardiens, les avocats de l'accusation et ceux de la défense.

Le local ressemblait à une infirmerie, avec ses murs couverts de carrelage blanc. Une armoire médicale, sur le côté, contenait différents flacons et ustensiles. Par la porte entrouverte, on apercevait, dans la pièce suivante, une sorte de table d'opération, équipée de fortes sangles, sur laquelle le condamné serait prochainement « opéré ». Deux autres portes, l'une à gauche, l'autre à droite, donnaient sur les petits salons où les invités des deux parties avaient déjà pris place pour suivre la scène macabre, jusqu'au dernier hoquet du condamné. Ignorantes du débat qui se prolongeait en coulisse, ces personnes attendaient patiemment le début du spectacle, tandis que Quam Lao Ching, figé face au criminel, cherchait à résoudre l'imbroglio, sans trouver la fermeté qui lui aurait permis de trancher. D'un côté, le code d'application des peines accordait formellement à Johnson le droit qu'il revendiquait ; de l'autre, le règlement de la prison lui interdisait de le faire ; et d'ailleurs, les détecteurs rendaient ce geste impossible, au risque de déclencher une émeute. Intérieurement, le directeur espérait que le bon sens finirait par l'emporter et que le condamné accepterait une mesure prise pour le bien de tous. Il se risqua encore à solliciter sa raison :

– Monsieur Johnson, vous voyez bien que ce n'est pas possible. À la première trace de fumée, des alarmes vont hurler partout. Soyez compréhensif !

Ces paroles n'ayant pas entamé la détermination de Désiré, la voix du directeur se teinta d'indignation :

– Vous savez bien que c'est mauvais pour tout le monde. Si vous ne pensez pas à votre santé, respectez au moins celle des gardiens. Rien ne les oblige à subir les désagréments de votre cigarette !

Dans le silence qui suivit, il avança d'autres cartes :

– Nous vous offrirons volontiers un hamburger accompagné d'une bière fraîche... Dites-nous ce que vous voulez avant d'y aller, monsieur Johnson.

L'avocate du condamné, elle aussi surprise par sa requête, supposait que le directeur allait passer outre et que l'affaire en resterait là. Durant tout le procès, maître Maren Pataki s'était montrée incapable d'obtenir la moindre circonstance atténuante pour son client. Elle s'étonnait cependant qu'un criminel assez pauvre d'esprit se soit saisi, avec une telle audace, d'un problème juridique inédit. En face d'elle, l'avocat de la famille du policier avait l'impression d'assister à une mauvaise farce ; mais lui aussi faisait confiance au directeur pour régler ces ultimes et pénibles détails, comme il en avait l'habitude... Chacun attendait que tout rentre dans l'ordre quand le condamné expliqua, comme pour convaincre les autres de sa bonne foi :

– Ça fait un an qu'on m'empêche de fumer. Alors je voudrais juste en goûter une dernière, comme j'y ai droit.

– Mais c'est pas vrai ! s'indigna une voix. Il nous prend pour des cons ! Allons, monsieur le directeur, donnez-lui sa cigarette et qu'on l'exécute.

Quam Lao Ching tourna un regard impuissant vers l'avocat et désigna le détecteur de fumée accroché au plafond de l'infirmerie. Le plaideur furieux exigeait une solution rapide. Il était clair, à ses yeux, que l'assassin continuait ses provocations par un petit jeu destiné à retarder l'instant fatal. Attendre davantage reviendrait à cautionner son insolence. Prêt à se ressaisir, le directeur se tourna de l'autre côté et croisa le regard de Maren Pataki, l'avocate commise d'office dont les petits yeux brillants indiquaient une détermination soudaine, comme si l'obstination de Johnson venait d'ouvrir une porte dans sa médiocre carrière. Après cinq minutes d'incompréhension, elle entrevoyait une perspective et n'allait pas lâcher cette occasion extraordinaire... D'une voix lasse, Quam Chao Ling essaya une dernière fois d'obtenir un arrangement à l'amiable :

– Savez-vous, monsieur Johnson, que vous êtes en train de donner un exemple déplorable ? D'autres seront tentés de vous suivre...

Le ton était paternel. Loin d'entrer dans ces subtilités, l'avocat des victimes éclata :

– Je vous somme, monsieur Chao Ling, de procéder à l'exécution comme prévu, et à l'heure fixée !

Il désignait du doigt l'horloge de l'infirmerie qui indiquait déjà 8 h 50 – les injections étant prévues pour 9 heures précises. Il ne restait plus une seconde à perdre ; mais l'avocate de la défense, prenant une initiative à laquelle sa carrière ne l'avait guère habituée, choisit ce moment pour s'avancer, rigide et solennelle, en prononçant :

– À l'évidence, monsieur le directeur, nous voici confrontés à un problème juridique inconnu qui nous oblige à reporter l'exécution. Il faut au moins connaître l'avis de la Cour suprême.

– Des sornettes ! répliqua son adversaire. L'appel a été rejeté. Le Président n'a pas gracié le condamné. Juridiquement, cet homme est déjà mort !

Il avait un faciès d'intellectuel avec son crâne dégarni, son front ridé et ses lunettes. On l'aurait volontiers pris pour un professeur de sciences humaines, sans cette rage qui s'exprimait soudain :

– C'est incroyable, tout de même. J'ai une famille qui patiente dans ce salon : les parents, l'épouse, les enfants. Une famille brisée qui attend, depuis dix ans, les convulsions de ce salopard pour entamer son deuil !

– Moi, tout ce que je demande, c'est de fumer une cigarette.

Johnson avait doucement repris sa litanie ; il semblait vouloir calmer son ennemi et trouver une solution.

– Nous devons téléphoner à la Cour suprême de Justice, affirmait l'avocate en désignant du doigt le combiné accroché au mur – auprès duquel s'était écoulée, une heure plus tôt, la vaine attente d'une grâce présidentielle.

Soumis à ces exigences contradictoires, Quam Chao Ling sentait bien qu'il ne pouvait plus tergiverser ; il savait aussi que sa décision allait, de toute façon, indigner l'une des parties. À 8 h 52, il s'avisa que la première solution présentait l'inconvénient d'être inéluctable : s'il procédait à l'exécution en commettant une erreur juridique, la faute irréparable risquait de se retourner contre lui. Au contraire, s'il ajournait l'exécution, il serait aisé de donner satisfaction aux victimes avec quelques heures de retard. N'étant pas homme à plaisanter avec le code d'application des peines, le directeur était presque convaincu, à 8h53, de l'obligation de reporter l'exécution. Autour de lui, les deux avocats suivaient avec inquiétude la marche des aiguilles. Quam Lao Ching allait émettre sa conclusion quand il fut saisi d'un dernier scrupule ; car le report des injections mortelles pour une simple cigarette risquait d'être perçu comme une mauvaise plaisanterie, aux conséquences lourdes pour la suite de sa carrière. Il ferma les yeux, implora un secours divin et tourna enfin, six minutes avant l'exécution, son visage décomposé vers l'avocat des plaignants, pour prononcer :

– Je suis vraiment désolé, maître, mais la procédure doit rester conforme à la loi, et nous nous trouvons face à une question insoluble. Je dois consulter ma hiérarchie.

– Vous n'allez tout de même pas vous laisser intimider par ce salaud !

– Dites-vous bien que toute entorse à la législation ferait le jeu des ennemis de la peine capitale.

Un élan d'indignation secoua l'avocat :

– Et comment je vais annoncer ça à la famille ? Vous ne croyez pas qu'ils ont assez souffert ?

Son visage impassible avait rougi, l'émotion brisait sa voix. Toute personne arrivant dans cette pièce sans connaître les données du problème l'aurait certainement regardé comme un proche du condamné à mort ; mais Désiré Johnson s'était tourné vers Maren Pataki pour demander, sans la moindre arrogance :

– Alors, je vais pouvoir la fumer, cette clope ?

Saisi par un accès de fureur, comme si la décision qu'il avait prise l'autorisait à se relâcher, le directeur de la prison se retourna en criant :

– Pas ici, monsieur ! Certainement pas ici ! Et ne croyez pas que vous allez échapper à votre sort !

Vêtue de couleurs sombres pour ce jour de deuil, les lèvres pincées sous une touffe de cheveux noirs négligés, la petite avocate redressa la tête avec autorité. Sa contre-enquête n'avait pas été convaincante, sa plaidoirie n'avait rien fait pour sauver le condamné, mais elle venait d'entrer dans les annales judiciaires grâce au vide juridique découvert par son client. S'appropriant l'idée de Désiré, elle tendait la copie de l'article 47 en précisant :

– C'est à la Cour suprême de trancher.

Il ne restait plus qu'à prévenir les témoins qui, dans leurs salons respectifs, commençaient à s'impatienter. Sans la présence de gardiens armés, les deux parties en seraient peut-être venues aux mains. Le directeur songea que cette confrontation, au seuil de la chambre d'exécution, n'avait que trop duré. Il fallait évacuer tout le monde et tâcher d'y voir clair, dans les heures à venir, sans confondre le camp de l'accusé avec celui de la victime ; il fallait résoudre le détail technique et procéder enfin à l'exécution. Se tournant à nouveau vers l'avocat des plaignants, Quam Lao Ching prit une voix onctueuse :

– Il n'y a *aucun changement*. Le condamné est toujours condamné. N'ayant pas été gracié, il sera exécuté dans un délai aussi bref que possible, je vous le promets. Mais je dois connaître la procédure à suivre.

Puis, se tournant vers les gardiens :

– Ramenez le condamné dans sa cellule !

Johnson semblait toujours aussi indifférent ; juste un peu maussade de ne pouvoir assouvir immédiatement son désir de nicotine. Mais le directeur n'aima pas le sourire de l'avocate qui se permit d'ajouter, comme si elle venait de remporter une victoire personnelle :

– Je ne crois pas que vous puissiez renvoyer ce malheureux à l'exécution aussi rapidement. On ne joue pas ainsi avec les nerfs d'un condamné !

– C’est ce qu’on va voir ! répliqua son adversaire.

Désiré Johnson suivit ses gardiens vers le couloir de la mort, dans un sens qu’il était le premier à emprunter. Au moment de retourner vers la vie, il se contenta cependant de grommeler, comme si les autres s’évertuaient à lui compliquer la vie :

– Je ne demandais pourtant pas grand-chose.

2

L'autobus est presque vide, comme chaque soir quand je grimpe en tête de station. Une femme chargée de sacs en plastique a pris place au fond du véhicule ; un hindou à barbe grise se tient debout dans l'espace central, coiffé d'un turban. Le chauffeur marque une parfaite indifférence à mon entrée ; il néglige la carte d'abonnement que je lui tends, comme pour signifier qu'il n'est pas encore en service. Jusqu'à l'heure du départ, dans quatre minutes, il préfère ranger sa veste, trier divers effets personnels et passer un coup de fil sur son portable. Tout cela me semble normal et je prends place, à mon tour, sur un siège sans vis-à-vis afin de me plonger dans la lecture du

Télégraphe libéral – qui titre sur une brutale chute de la Bourse, consécutive aux bons indicateurs économiques publiés hier. Comprenne qui pourra. Pourtant, ce genre de mystère me paraît, lui aussi, parfaitement normal.

Le véhicule se met en route, ou plutôt s'installe dans le premier embouteillage du parcours : cet engorgement du boulevard de la Victoire qui, chaque jour, bloque les alentours de la Cité administrative, depuis le lancement du plan d'urgence destiné à rendre la circulation plus fluide. Pendant un an, le chantier de voirie a tout asphyxié. Après l'inauguration en grande pompe des « couloirs citoyens » réservés aux transports en commun, aux deux-roues, aux rollers et aux automobilistes munis d'une carte prioritaire (mères de famille, femmes enceintes, handicapés, quatrième âge...), on a cru que la ville allait enfin « mieux respirer », selon l'expression du maire. Aménagées au centre des boulevards, ces voies spéciales sont devenues le paradis des rollers et des cyclistes qui glissent l'un contre l'autre, casque audio sur les oreilles – ce qui donne une image plus jeune de la ville, mais gêne la circulation des autobus et des taxis. Sur la portion restante de la chaussée (une étroite file de chaque côté), les voitures ordinaires s'accumulent dans un bouchon permanent qui paralyse les carrefours. J'aperçois les visages de leurs conducteurs : une majorité de quadragénaires actifs, dépourvus de passe-droit, contrairement aux citoyens prioritaires et aux glisseurs qui semblent s'éclater au milieu des gaz d'échappement.

J'ai donc le temps de lire attentivement cet article qui occupe une pleine page en petits caractères : « Pourquoi la Bourse est-elle déprimée par la baisse du chômage ? » Par moments, je jette un regard sur le trottoir où certains passants s'appliquent un mouchoir sur le nez pour respirer. Puis je me penche à nouveau vers le journal, sans quasiment prêter attention au groupe d'une vingtaine d'enfants qui pénètre dans l'autobus à l'arrêt suivant, encadrés par deux monitrices. Ils se dispersent bruyamment dans le couloir, provoquant seulement mon agacement murmuré dans un discret : « Silence, les mioches ! » Je suis le seul à m'entendre, mais cela me fait du bien. Le bus reprend son chemin et le calme revient quand, une minute plus tard, je lève les yeux et découvre un spectacle étrange.

Le troupeau bambinesque – des garçons et des filles âgés d'une dizaine d'années, revenant d'une sortie scolaire ou d'un centre aéré – s'est précipité sur les places assises, à l'incitation de ses accompagnatrices. Les voilà maintenant confortablement installés d'un bout à l'autre de l'autobus, coiffés de la même casquette orange fluo, un badge autour du cou indiquant leur nom et leur adresse. Ils portent des survêtements de marque, avalent des boissons sucrées, manipulent des Game Boy. On dirait vraiment qu'ils se sentent *chez eux*, dans *leur* bus où les prochains arrivants n'auront qu'à bien se tenir, c'est-à-dire debout ! Comme j'observe cette scène avec étonnement, l'une des deux monitrices me renvoie son regard désagréable. Affublée elle aussi de la casquette fluo, elle semble entièrement vouée à la cause des gamins, quitte à regarder le monde extérieur comme une conjuration d'agresseurs potentiels. Elle appelle une fillette qui traîne encore dans le couloir :

– Audrey, il y a une place là-bas, à côté de Gordon. Assieds-toi, ma chérie…

Désormais, toutes les places assises sont occupées. L'assistante d'éducation me regarde à nouveau, suspicieuse, avant de poser son gros bras sur l'épaule d'un garçonnet à taches de rousseur. Évidemment, je pourrais supposer que les monitrices ont assis les enfants pour les calmer ; elles les prieront bientôt de se lever pour offrir leur place aux « grandes personnes »… Mais il est également possible que les gamins se soient appropriés tous les sièges *pour que d'autres ne les prennent pas.*

Naturellement, cette seconde hypothèse se confirme dès l'arrêt suivant, puis tout au long du parcours.

Cela ne fait rapidement aucun doute. Solidement cramponnés à leurs fauteuils, les enfants regardent avec dédain (ou ne regardent même pas) les adultes de plus en plus nombreux qui s'entassent dans le couloir central. Je vois les pauvres gens grimper, leur carte à la main, fatigués mais encore confiants dans les transports en commun, heureux d'avoir fini leur journée de travail. Puis j'observe les visages qui se décomposent en plongeant vers l'intérieur du véhicule, lorsqu'ils découvrent que les sièges sont occupés sans exception. Les nouveaux se serrent contre les précédents qui s'accrochent aux barres métalliques pour ne pas tomber : je vois monter un couple de petits vieux, quelques jeunes cadres soudés à leurs téléphones, des commerçants, des étudiants et, au fond, deux belles retraitées bavardes, la soixantaine, portant des paquets à l'enseigne des grands magasins. Chacun résiste patiemment aux accélérations et aux coups de frein tandis que, des places assises, monte la rumeur pépiante et joyeuse des écoliers qui, parfois, s'atténue avant de tout recouvrir à nouveau.

Les monitrices ne sourcillent pas. Au contraire, chaque fois qu'un nouveau passager vient compresser les autres, elles semblent s'assurer, d'un coup d'œil circulaire, que les enfants restent bien cramponnés à leurs sièges. Désignées pour la protection des petits, elles ne voient aucune raison de favoriser les plus âgés dans l'attribution des places assises. Suis-je le seul à me rappeler cette époque lointaine où les enfants devaient le respect aux adultes ? Il me faut bien constater, en tout cas, que les adultes, victimes d'une telle goujaterie, contemplent la marmaille avec une expression de bonheur. Quelques-uns adressent aux bambins des risettes et des signes de main pour exprimer leur sympathie ; les plus téméraires posent des questions sur ce qu'on a fait à l'école, sur son âge, sur son prénom, sur où on habite. Tout le reste semble oublié : les corps fatigués, les esprits stressés par la journée de travail. Les « grandes personnes » regardent cette assemblée puérile comme une image touchante du renouvellement de l'espèce, de la survie de l'humanité, de l'avenir du monde, et cette idée semble les soutenir devant les difficultés de leur propre situation. Face à cet élan d'amour, les deux accompagnatrices abandonnent leur attitude revêche ; elles redressent fièrement la tête pour signifier la chance qu'elles ont d'accompagner les moutards au cœur de cet autobus, comme deux intermédiaires entre le monde des grands et celui des petits.

Dans un tel contexte, toute remarque désagréable de ma part serait mal perçue – à moins de compter sur l'opinion inexprimée de certains jeunes salariés cravatés, plongés dans leurs conversations téléphoniques. De quel côté se rangeront-ils ? Le pari semble risqué ; la moindre initiative risque de me changer en bouc émissaire, hué par la foule des amis de l'enfance. Mais, simultanément, une irrésistible indignation civique me pousse à signaler aux monitrices que des personnes âgées souffrent, debout, écrasées dans la foule, tandis que les écoliers mâchonnent leurs bâtonnets au Coca et parlent du septième épisode d'*Harry Potter*... Afin de tester le sentiment général, je tends ostensiblement le cou et lance à la cantonade mes regards irrités qui finissent par attirer l'attention des deux grandes sexagénaires chargées de commissions. Comme si je parlais pour moi-même, j'articule ces exclamations de plus en plus distinctes :

– Incroyable ! Ce sont vraiment les rois ! Pas un qui se lèverait pour céder sa place !

En prononçant ces mots, je fronce les sourcils pour montrer combien la situation me choque. Je sens que la majorité va basculer de mon côté.

Pendant quelques secondes, je poursuis mes simagrées, espérant le soutien de ces dames énergiques, vêtues à l'ancienne, qui ont certainement connu une autre éducation. La plus grande me dévisage, courroucée à son tour. Elle finit par se retourner vers son amie en prononçant, la voix un peu rauque :

– Je ne sais pas ce qu'il a. On dirait qu'il n'aime pas les gosses !

Ma cause est perdue ; me voilà dépassé, même par des vieillards. Il serait vain de me battre davantage et je préfère replonger dans la lecture des informations économiques, reprenant le fil de mon article : « Pour quelle raison la reprise de la croissance se traduit-elle par une augmentation des déficits ? » C'est alors qu'un aboiement me fait sursauter :

– Votre place, monsieur, je suis enceinte...

Apeuré, je me redresse vers une jeune femme au ventre rond qui s'est approchée et me dévisage, peu amène. Tandis que je plie hâtivement mon journal, elle insiste d'une voix désagréable, attirant l'attention d'une partie de l'assemblée :

– Avec un minimum de courtoisie, vous vous seriez déjà levé !

Tout en lui abandonnant mon siège, je bafouille que les enfants auraient dû se lever les premiers; mais en me défendant ainsi, j'ai moi-même l'impression de retomber en enfance. Les lèvres dégoulinantes de sucreries, plusieurs gamins ont braqué un regard ahuri dans ma direction. Ils m'observent comme un type bizarre et grossier, avant de replonger dans leurs jeux. Tout au fond, les deux femmes chargées de commissions me scrutent, de plus haut encore, comme un pervers et un mal élevé.

*

Latifa prétend que je devrais faire attention. À force de râler contre les enfants, je vais finir par nous attirer des ennuis.

Vu l'endroit où je travaille et les conditions dans lesquelles je dois me dépatouiller, il n'est pas si facile de regarder ces petits monstres avec des yeux complaisants. Notre maire – qui est aussi mon patron – montre du génie chaque fois qu'il s'agit de caresser l'opinion dans le sens de «plus d'égalité entre les sexes», «plus de place pour les cyclistes et les handicapés», «une ville plus humaine et une gestion plus transparente» et, naturellement, «plus d'attention portée aux enfants». Avant son élection triomphale, il avait inscrit dans son programme un projet visant à transformer *en crèche* une partie de la Cité administrative, siège des principaux services de la ville. Quelques mois plus tard, toute l'aile gauche de nos bureaux s'est reconvertie en garderie, dotée d'une entrée spéciale réservée aux mamans et à leur progéniture. Tenu à la neutralité par mon poste d'employé municipal, conseiller technique à la direction générale des services, j'ai déploré silencieusement la destruction des appartements de fonction où il faisait bon vivre. Passant devant l'entrée de la crèche, j'ai surtout remarqué le ton mielleux, le respect humain avec lequel les vigiles accueillent les bambins, leur chatouillent le menton, leur tapotent affectueusement l'épaule, avant de féliciter les mamans pour ce beau travail. Attitude qui contraste avec leurs regards méfiants, à l'entrée du personnel, quand ils réclament sèchement nos badges, sans accomplir le moindre effort pour nous reconnaître d'un jour à l'autre.

Encouragé par les acclamations de la presse, notre maire a voulu entamer son second mandat par un nouveau coup d'éclat qui lui permette de se montrer plus encore ami de la vie, de la jeunesse, de l'enfance et du mouvement. C'est ainsi que le conseil des élus a voté la résolution du 10 octobre, visant à étendre le complexe de crèches et de garderies à tous les bâtiments de la Cité administrative, une moitié des bureaux restant affectée aux autres services municipaux. Dans la résolution figurait l'expression de « cohabitation heureuse » entre le personnel de la ville et la jeune génération, qui allaient désormais partager les mêmes espaces. Depuis cette date, les nourrissons (mais aussi les plus grands, quand ils n'ont pas école) s'ébattent un peu partout à l'intérieur des locaux. La mesure allait dans le sens d'un autre grand projet : une diminution de moitié des postes de fonctionnaires, dorénavant sous-traités à l'extérieur. Après les éboueurs, les jardiniers, les employés de la voirie, la plupart des emplois de bureau sont passés sous la coupe du privé pour réduire les gaspillages. Dans ce contexte propice aux résistances syndicales, la transformation de salles de travail en salles de jeu tendait à démontrer que l'engagement social du maire ne perdait rien de sa vigueur : licencier brutalement des adultes serait mal passé; les remplacer par des enfants rappelait son attention infatigable aux plus faibles et nous invitait à accomplir cette mutation dans la joie. Si la ville n'était plus une « sécurité sociale » pour fonctionnaires accrochés à leurs avantages acquis, elle entendait concentrer ses moyens sur les tout-petits – en créant simultanément plusieurs centaines de postes d'assistants d'éducation.

Cette façon de travailler nous a paru étrange, au début. Enfants ou employés, nous entrons tous, désormais, par la même grande porte – quoique l'attitude respective des vigiles n'ait guère changé : tape affectueuse pour les moins de douze ans ; ton désagréable et présentation du badge pour les employés. Selon une note diffusée par le cabinet du maire, les fonctionnaires municipaux sont priés d'offrir « le meilleur accueil possible » aux enfants qu'ils sont amenés à croiser ou à côtoyer dans les couloirs de la Cité administrative et dans leurs espaces de travail. Dans un souci d'émulation, la direction des ressources humaines a trouvé judicieux de faire alterner garderies et bureaux dans les mêmes bâtiments. Il m'arrive donc souvent, quand je tape un rapport sur mon ordinateur, d'entendre les vagissements de têtards qui réclament leur mère dans la pièce voisine.

Si le personnel s'efforce de respecter certaines règles de vie commune, les enfants, eux, s'autorisent à faire ce qu'ils veulent, quand ils veulent et où ils veulent. Il n'est pas rare, quand je me rends aux toilettes, de trouver le couloir bloqué par une partie de billes ou de marelle ; mais je ne dois surtout pas gêner les chérubins qui en profiteraient pour se plaindre auprès des assistants d'éducation. Toute la journée, des cadres chargés de courriers ou de rapports attendent que les enfants veuillent bien leur laisser le passage. Seuls le maire et ses adjoints disposent encore d'espaces réservés ; ce qui ne les empêche pas de traverser, de temps à autre, un couloir plein d'enfants, sous le regard crépitant des photographes de presse. Mis en avant par les services de communication, ce nouveau plan de l'action municipale a valu à l'équipe un regain de popularité auprès d'une opinion enchantée qu'un homme se décide à « sortir des sentiers battus » pour administrer la ville avec « une audace et une imagination » qui rompt avec la « gestion pépère » de son prédécesseur.

Devant cette révolution, le personnel a montré plus ou moins de résignation. Une bonne moitié joue franchement le jeu et n'arrive jamais, le matin, sans quelques fraises Tagada à distribuer. Un tiers de mes confrères préfère l'indifférence ou arbore un air blasé face à la montée inexorable de cette vague infantile : « Nous n'y pouvons rien, tout ira en empirant, le mieux qu'on puisse faire est de s'en accommoder et d'accomplir sa tâche… » Enfin, une minorité, dans laquelle je me range, supporte mal cette cohabitation. À plusieurs reprises, lors des réunions de la Commission des grands projets, je me suis permis de prendre la parole pour exprimer mes réserves.

Sans me prononcer sur le fond – ce qui est du ressort des politiques – j'ai souligné l'extrême difficulté pratique qui allait découler d'une telle confrontation, pour le travail des uns et des autres. Chaque fois, le directeur général des services et l'adjoint au maire ont écouté mes arguments ; ils ont même cherché à me rassurer en affirmant que tout serait mis en œuvre pour ne pas gêner le personnel. À la dernière réunion, mon intervention a, semble-t-il, plutôt agacé. Pourquoi cette obstination à regarder les enfants comme des individus gênants ? Le maire a fini par trancher en rappelant que les élus avaient fait un choix qui lui semblait le meilleur pour notre ville ; on ne pouvait indéfiniment le remettre en cause pour des raisons techniques. Le débat était clos.

Si elle attendrit une majorité, la présence des enfants aiguise la nervosité des autres ; les droits qu'on leur accorde et qu'on nous dénie, l'arrogance avec laquelle ils ont compris que nous sommes désormais *chez eux*, tout cela nous fait l'effet d'une humiliation permanente. Nous évitons de les regarder, refusons de répondre à leurs questions, ou alors par un pied de nez. Il faut toutefois se méfier de la surveillance continuelle des assistants d'éducation qui ont déjà fait plusieurs victimes. Le processus est toujours le même : une attitude hostile envers les enfants finit par être épinglée, signalée au service du personnel, soucieux d'écarter tout danger potentiel pour la jeunesse ! En six mois, une dizaine de suspects ont été – par mesure préventive – mutés dans des bureaux extérieurs. Par de tels moyens la municipalité pense protéger ses jeunes ouailles.

Tel est, en résumé, l'enfer auquel j'espère échapper chaque soir, quand je sors de la Cité administrative pour rentrer chez moi. C'est pourquoi cette scène anodine de l'autobus me paraît insupportable, comme si la nuée de moucherons qui a déjà gâché ma journée continuait à me poursuivre dans l'escalier, dans la rue, dans le bus, partout ; comme si le mal s'étendait au point qu'il devienne impossible de lui échapper parce que, désormais, dans ce pays, les enfants représentent la loi.

*

Après avoir remonté le boulevard Churchill et tourné à l'angle de la librairie désaffectée, je m'engage dans l'impasse des Hortensias, une jolie ruelle fleurie où s'alignent les maisonnettes Art nouveau, à deux pas du centre ville. La mienne est toute en hauteur avec ses deux étages de briques rouges, son toit pointu et ses vitraux en forme de flammes. Tandis que je remonte l'allée du jardin, mon chien se précipite et manque de me renverser en appuyant ses pattes avant sur mon ventre. Ses longs poils blancs d'épagneul sont mouillés (les enfants du voisin ont dû le viser avec leur tuyau d'arrosage). Il tourne frénétiquement autour de moi jusqu'à ce que je le calme d'un :

– Couché, Sarko !

Je caresse son poil humide, puis nous entrons ensemble dans la jolie et modeste demeure (soixante mètres carrés au sol, une chambre à chaque étage) que je partage depuis trois ans avec Latifa. Une odeur de lapin aux herbes s'insinue dans le vestibule, stimulant mes papilles gustatives. Ma compagne passe souvent la journée au fourneau. Comme elle le dit volontiers : « Je préfère aller au marché qu'aller au bureau » ; et m'en voici le premier ravi, puisque nous avons fait, ensemble, le pacte de vivre pour notre plaisir, sans nous embarrasser du moindre petit *lardon* – sauf ceux qu'elle fait revenir dans une poêle pour agrémenter la sauce. Latifa est ainsi : elle préfère les hommes aux mioches, quoique, de temps à autre, un désir d'enfant la démange malgré mes efforts pour la détourner de ces mauvaises pensées.

Nous nous sommes rencontrés à un concert du Philharmonique de Vienne. Nous étions placés côte à côte et nos deux corps, ce jour-là, semblaient tendus dans une même jubilation pour absorber cette musique heureuse : le concerto pour hautbois de Richard Strauss. À l'entracte, nous avons bu une coupe de champagne au foyer avant de nous dire adieu. Quelques jours plus tard, nous nous retrouvions par hasard au cocktail du Grand Prix de cinéma organisé dans les salons d'honneur de la Cité administrative. Elle venait comme chroniqueuse d'un journal féminin pour lequel elle rédige quelques papiers sur les «people» – sans passion, mais avec une distance amusée. Elle m'a paru plus belle que la première fois : j'adorais sa grande taille dégingandée de jeune bourgeoise égyptienne poussée trop vite, sa façon de rire de tout, ses yeux vifs et sa poitrine un peu plate.

Latifa et moi avons en commun le manque d'ambition. Mes diplômes annonçaient une brillante ascension dans les cabinets ministériels, à condition d'y consacrer le temps nécessaire en intrigues. Au lieu de cela, à quarante-cinq ans, je suis resté modeste conseiller technique à la ville. Latifa, avec son intelligence et son charme, pouvait devenir journaliste en vogue… Nous avons fait l'un et l'autre le même calcul : à savoir qu'avec un petit héritage (qu'elle tenait de sa mère), mon salaire correct, un goût aigu de la vie, une curiosité pour l'art, les jolis paysages et tous les bonheurs de la vie, il serait possible de mener une existence bien plus intéressante que celle qui consiste à conquérir sans relâche des postes plus élevés et des émoluments supérieurs pour payer les impôts de l'année précédente. Épicure affirmait qu'il faut vivre pour le plaisir – en ajoutant que rien n'apporte plus de plaisir qu'un peu de soleil et un verre d'eau. C'est sur ce principe que repose depuis trois ans notre existence conjugale, consacrée à faire l'amour, à lire, à déguster d'excellents petits plats, à passer quelques jours dans un bel hôtel au bord de la mer, à fréquenter nos amis (peu nombreux et sans enfants), à aller au concert et au cinéma, à dormir, à cultiver notre jardin.

Pour toutes ces raisons, Latifa a concocté le lapin en sauce qui achève de mijoter dans la cocotte, tandis que j'entre dans le salon où ma jolie grande femme surfe sur Internet. Elle glane quelques ragots du milieu de la mode, qu'elle utilisera *peut-être* dans un article qu'elle écrira *peut-être*... si elle en a l'envie et le temps. Elle tourne vers moi un sourire langoureux. Ses cheveux châtain clair encadrent un visage dont les ombres et les pommettes révèlent toujours quelque chose de drôle et d'animé qui me fait presque oublier le petit cauchemar de l'autobus. Je n'ai d'ailleurs pas le temps de lui en parler, car il semble bien qu'elle ait en tête une seule idée, avant le dîner – idée qui se traduit par une question :

– Où ça ?

Je songe que nous l'avons fait récemment sur la table de la cuisine, dans le bosquet du fond du jardin (presque sous l'œil des voisins), plusieurs fois dans notre lit mais pas, depuis longtemps, dans la cave, près du réservoir à fuel. Cela pourrait avoir quelque chose de graisseux, de prolétaire et de suant. J'invite donc ma chérie dans l'escalier et renvoie Sarko – toujours prêt à nous suivre – d'un gentil petit coup de pied vers sa niche.

C'est seulement beaucoup plus tard, ce soir-là, après avoir dîné puis terminé une partie d'échecs, au moment de boire un alcool de poire et de fumer une cigarette, que Latifa remarque à voix haute, comme si elle y avait pensé plusieurs fois aujourd'hui :

– Ce serait peut-être bien d'avoir un enfant.

Elle me voit m'étrangler, le verre d'alcool penché au-dessus du gosier. Puis je lève un regard ahuri, autant que si elle me proposait d'aller passer des vacances à Las Vegas où à Saint-Tropez ! Elle connaît toutes les questions contenues dans cette attitude : « Pourquoi un enfant ? Pour lui torcher le cul ? Pour éduquer un ingrat ? N'est-ce pas le contraire que nous avons choisi de vivre ensemble ? » Sans que j'aie le temps de formuler ces objections, elle tente de m'apporter une réponse :

– Bientôt, pour moi, il sera trop tard. Et je ne voudrais pas le regretter un jour.

Cet étrange besoin finit-il toujours par titiller les femmes ? Je préfère me taire et lui prendre la main en espérant qu'une fois encore cet accès de fièvre va vite retomber.

3

– S'il vous plaît, messieurs les photographes !

Le videur, un lourd Pakistanais au crâne rasé portant blaser et cravate, ouvrait le passage. Déployant de larges brasses, il repoussait sur les côtés la horde des chasseurs d'images rassemblés devant le palais de Justice, appareils photo en main, flashes crépitants, objectifs obscènes. Jamais Maren Pataki n'avait imaginé qu'elle pourrait intéresser à ce point des photographes professionnels. Même adolescente, elle avait ignoré ce rêve de midinette qui s'accomplissait aujourd'hui. Avec étonnement, elle observait la frénésie de ces rats prêts à se marcher les uns sur les autres pour parvenir à leur proie, résolus à piétiner tout importun qui les empêcherait d'accomplir *leur travail* – ce qui montrait bien que ce métier, comme tant d'autres, ne valait plus grand-chose. De réduction des coûts en restructuration des agences de presse, l'aventure du reporter avait fait place à l'impatience d'une meute grouillante et affamée.

Le sort des avocats n'était guère plus enviable, ni celui de mille autres emplois, tous réduits à la même quête épuisante et mal payée – excepté quelques postes élevés dans le commerce et dans la finance. Face à cette débâcle générale des professions, Maren sentait bien qu'elle venait de saisir la chance de sa vie, l'unique possibilité de s'arracher à la masse des avocats commis d'office, surnageant dans les eaux stagnantes de la basse Justice. Des années de travail consciencieux ne l'avaient conduite à rien – puisque ses clients étaient la plupart du temps insolvables, leurs crimes minables et leur culpabilité avérée (dès qu'une erreur judiciaire semblait possible, un grand cabinet s'emparait de l'affaire pour en tirer le bénéfice médiatique). Maren avait également conscience des limites de son talent : cette apparente fatalité qui semblait condamner les individus qu'elle défendait à la peine la plus lourde. Ceci expliquait qu'à trente-quatre ans sa valeur sur le marché fût à peu près nulle, quand d'autres avocats de sa génération s'étaient orientés brillamment vers les milieux d'argent. Or, du jour au lendemain, la jeune femme s'était transformée en protagoniste d'une *affaire d'État*, harcelée par les médias qui la priaient de s'exprimer. Remontant la marée des photographes, le videur lui ouvrit le chemin jusqu'à la limousine prêtée par la Compagnie générale de tabacs. Arrivée au véhicule, Maren Pataki se retourna vers la presse et prononça dans un demi-sourire :

– Pour l'instant, je ne peux rien dire. Sauf que nous attendons avec confiance la décision que rendra, cet après-midi, la Cour suprême de Justice.

La rumeur avait cessé. La presse écoutait chaque mot de l'avocate qui, bizarrement, se sentait à l'aise dans cette position privilégiée. Était-ce d'avoir vu comment les autres s'y prenaient, lors de reportages télévisés ? Était-ce inhérent à toute situation qui vous confère une autorité naturelle ? Très à l'aise, elle s'engouffra dans la voiture tandis que les questions fusaient à nouveau, puis, interrompant son mouvement avec un parfait professionnalisme, elle délivra *in extremis* les informations qu'elle avait préalablement sélectionnées :

– J'ai demandé une procédure de révision de la condamnation à mort... Selon un usage judiciaire très ancien, une exécution empêchée pour une raison imprévue peut se voir annuler par une grâce spéciale. Autrefois, on appelait cela « la main de Dieu ». Aujourd'hui, ce pourrait être l'occasion de réfléchir sur le dossier de la peine capitale et sur ses zones d'ombre... Et, naturellement, d'abord sur le cas particulier de monsieur Johnson, dont la culpabilité est loin d'être avérée. Je vous remercie.

Avec l'assurance de ceux qui décident quand ils parlent et quand ils se taisent, elle referma la portière de la limousine et se laissa porter vers le siège de la Générale de tabacs.

Persécutés depuis des années pour leur activité de marchands de mort, les responsables de la compagnie multinationale avaient découvert, quarante-huit heures plus tôt, l'incroyable ajournement de l'exécution de Désiré Johnson, et cet événement leur était apparu comme un miracle : le signe positif qu'ils n'attendaient plus. Bien qu'elle concerne un criminel condamné à la peine capitale, l'incroyable péripétie judiciaire annoncée par les journaux associait, pour une fois, *le tabac* et *la vie* comme aucune publicité n'avait jamais su le faire. Un individu venait d'être *sauvé par le tabac*, au moins pour quelques jours (on attendait la décision de la Cour) ; un article de loi oublié faisait de la cigarette *la meilleure amie de l'homme*. Une lueur d'espoir apparaissait pour toute une filière économique menacée.

Juste après le report de l'exécution, Maren avait alerté les agences de presse et l'affaire avait fait tache d'huile en quelques heures. À midi, les médias s'étaient rassemblés devant la prison pour relater l'événement. À 16 heures, le département publicitaire de la Générale de tabacs avait proposé à l'avocate de mettre à sa disposition des moyens conséquents afin de préparer sa contre-attaque judiciaire : un local, un premier versement de 30000 eurollars pour les frais et une voiture de fonction.

Les journaux du matin s'étalaient sur la banquette arrière. Maren lut un titre, puis un autre. Presque tous annonçaient l'affaire en «une», mais il n'était pas facile d'y voir clair entre ces points de vue souvent contradictoires :

«Quand les antitabac sauvent un assassin», titrait *Le Miroir du Jour*, journal populiste passablement réactionnaire. Pour son éditorialiste, l'interdiction de fumer qui s'étendait partout dans le pays – jusque dans les appartements privés, à l'intérieur des immeubles non fumeurs – confinait au harcèlement, dépassant la limite acceptable en démocratie. On en subissait aujourd'hui une conséquence particulièrement odieuse, quand le règlement d'un centre pénitentiaire se retournait en faveur de l'assassin et contre la vengeance des victimes.

Ce point de vue protabac allait dans le sens souhaité par la Générale de tabacs; mais il se retournait contre l'accusé et son avocate en réclamant l'exécution rapide de la peine, sitôt grillée la dernière cigarette du condamné. Plus subtil, le chroniqueur du *Démocrate indépendant* s'interrogeait sur ce paradoxe : pourquoi protéger les poumons des criminels dans le couloir de la mort? Certes, le règlement imposé par les ligues antitabac visait en premier lieu la protection du personnel pénitentiaire et le tabagisme passif; mais, d'un autre point de vue, puisque la cigarette est si mauvaise pour la santé, on n'avait aucune raison de l'interdire à des individus qu'on voulait éliminer.

Le point de vue antitabac dominait largement chez les autres commentateurs; mais, là encore, une ligne de fracture divisait ceux qui voyaient dans cette affaire une occasion d'élargir leur combat pour la vie («Non au tabac, non à la peine de mort!» titrait le *Télégraphe libéral*), et les esprits rigoristes qui réclamaient l'interdiction du tabac sur l'ensemble du territoire, sans aucun favoritisme pour les condamnés («Oui à l'injection, non à la cigarette!» en chapeau dans la *Tribune républicaine*). Selon ces derniers, Désiré Johnson et son avocate jouaient sur les textes. Face à cette provocation, la Cour suprême de Justice devait faire procéder à l'exécution sans discussion et refuser d'entrer dans l'exégèse subtile d'articles de loi périmés.

La limousine remontait l'avenue du Président-Bush, coupée en deux par une allée fleurie. De part et d'autre s'élevaient des buildings élégants de pierre, de verre ou d'acier, coiffés d'enseignes au nom de firmes célèbres. Ici, chaque mètre carré valait plusieurs mois de salaire de Maren, qui logeait en centre ville dans un appartement minuscule. Quinze ans plus tôt, elle croyait encore au radicalisme politique, teinté de poésie bohème par quelques amis artistes. Confiante dans l'avenir, elle militait dans un groupe féministe et dans le Mouvement pour les prisonniers. Mais ses calculs s'étaient révélés mauvais : au moment où elle délaissait le combat pour le droit des femmes qui lui semblait dépassé, des filles plus virulentes s'étaient emparées de la question pour traquer partout les traces de sexisme avec un succès inattendu ! Maren s'intéressait davantage au sort des condamnés à mort – presque tous des hommes de couleur issus des quartiers pauvres, condamnés par leur race et par leur origine sociale. Mais, face à la montée de la violence, la Justice avait pris un tour brutal et répressif approuvé par les médias, au point de rendre son combat presque archaïque. Jamais elle ne parvenait à sauver une tête. L'imprécision de ses enquêtes, la médiocrité de ses plaidoiries, la maladresse avec laquelle elle chargeait les victimes – même quand la culpabilité de l'assassin ne faisait aucun doute –, tout cela précipitait plus sûrement ses clients vers l'injection fatale. C'est ainsi que lui était venu, dans le milieu des avocats pénalistes, le surnom de *Mort subite.* On plaignait en secret le prévenu qui recourait à ses services, alléché par sa prétendue « expertise » en criminalité mais, surtout, parce qu'elle acceptait la médiocre rémunération des avocats commis d'office.

Le chauffeur s'arrêta devant l'immeuble en marbre blanc de la Compagnie générale de tabacs. L'édifice Art déco se resserrait en escalier vers le ciel. Les coupoles de bronze posées sur chaque arête avaient une belle patine. Au-dessus de l'entrée monumentale, une grande sculpture dorée à la feuille représentait une main tenant une cigarette d'où s'élevait une volute, rappelant l'époque où fumer passait pour un geste élégant. Un groom ouvrit la porte de la limousine et Maren posa ses baskets sur le tapis rouge ; elle avança sous la marquise en direction du hall immense où l'attendait un responsable du département communication. Ils entrèrent dans l'ascenseur qui s'éleva jusqu'à la salle de réunion du quinzième étage. Entourée de larges verrières, la pièce surplombait la ville comme un observatoire; autour d'une table ovale en bois verni, équipée de micros et de terminaux informatiques, se tenaient le vice-président et le directeur des affaires juridiques, entourés de leur staff. L'avocate éprouva un léger vertige : jamais elle n'avait songé que sa place fût ici, parmi ces hommes d'affaires en quête d'un coup médiatique. Saurait-elle parler le langage des cadres, débattre de la vie d'un homme avec des publicitaires? Songeant que sa propre survie sociale était en jeu, elle reprit sa respiration et choisit de se fier au sourire engageant du vice-président, responsable de la communication :

– Dites-nous, maître...

– Maîtresse! corrigea l'ancienne militante féministe.

Elle allait se reprocher cette légère agressivité, mais sentit qu'une pareille injonction la confortait plutôt dans son statut de porte-parole du droit et de la justice.

– Pardonnez-moi! Maîtresse, j'aimerais savoir ce que vous entendez plaider cet après-midi, lors de votre audience à huis clos par la Cour suprême de Justice. Il faut que... nous puissions organiser notre communication sur la base d'une argumentation claire!

– Oui, interrompit le directeur des affaires juridiques. Excuse-moi de te couper, François, mais je crois que nous devons savoir ce que nous voulons : entre les arguments protabac et antitabac, entre les partisans et les adversaires de la peine de mort, chacun peut construire la théorie qu'il veut, et il faut bien admettre que nous nageons un peu…

Un petit juriste à lunettes prit la parole à son tour pour exposer :

– Je ne voudrais pas paraître cynique mais, dans une première analyse, la revendication la plus raisonnable consisterait à demander simplement l'application du code pénal : le strict respect de la loi. Autrement dit : le condamné est autorisé à accomplir sa dernière volonté, il fume sa cigarette, et on l'injecte !

Ce point de vue semblait convenir au sous-directeur de la publicité qui poursuivit :

– Pour nous, cela présenterait l'avantage de ne pas entrer dans le débat sur la peine de mort. On se contenterait de souligner que, dans ce monde puritain où les antitabac sèment la terreur, la dernière volonté d'un homme peut être, tout simplement, de fumer une cigarette : un beau message, dans le registre de l'émotion.

– D'accord, reprit une voix, mais… que tu le veuilles ou non, tout cela renforce le triangle symbolique criminel-tabac-mort. Ce n'est pas forcément bon pour le marché des cigarettes.

Maren se racla la gorge et ménagea un silence. L'indécision de ses interlocuteurs la servait. À présent, elle devait parler sans se tromper. En se montrant trop servile avec la Générale de tabacs, elle miserait petit; l'affaire perdrait en durée, en ampleur, en hauteur morale et en rentabilité. D'une voix posée, elle exposa son point de vue :

– Évidemment, je comprends vos préoccupations et je vous remercie pour le soutien financier que vous m'accordez; mais il est difficile, pour une avocate, de raisonner selon une logique publicitaire quand le sort d'un homme est en jeu. Vous comprendrez donc que ce que je réclame, c'est l'annulation pure et simple de l'exécution – d'abord parce que la loi le permet; ensuite parce que je crois à l'innocence de cet homme.

– Il a pourtant avoué! répliqua le juriste.

– Beaucoup d'innocents ont avoué dans un commissariat ou dans un bureau de juge d'instruction.

– D'accord, reprit le vice-président; mais s'il vous plaît : précisez le cadre général, la vision de l'affaire sur laquelle nous pouvons nous appuyer.

Pour cette journée exceptionnelle, Maren avait accompli un effort d'élégance. Elle était passée chez le coiffeur et portait une veste noire stricte qui

– quoique mal assortie à ses baskets – la rendait presque crédible dans ces négociations. Au moment d'aborder la question de la peine capitale, elle ferma les yeux comme si elle retrouvait en elle-même des arguments longuement mûris :

– Vous n'ignorez pas que beaucoup d'hommes – y compris des innocents – ont été exécutés depuis la loi d'harmonisation sur la peine capitale.

Le petit juriste à lunettes rectifia avec un ricanement cynique :

– La loi du 11 juillet n'a-t-elle pas, pourtant, confirmé l'abandon de la peine de mort dans toute l'Union ?

– Vous avez raison : comme le précise ce texte : « La peine de mort est définitivement abolie. Plusieurs États membres se réservent toutefois le droit de l'appliquer dans certains cas. » Encore heureux que ce ne soit pas dans tous les cas ! Toujours est-il que monsieur Johnson, comme beaucoup d'autres, est bel et bien condamné à mort.

– Il a tué un policier !

– C'est l'un des cas visés, en effet… Sauf qu'avant-hier, un signe extraordinaire est venu briser l'enchaînement fatal : une simple cigarette a interrompu le processus d'exécution de cet homme. Johnson demande simplement l'application d'un droit. Nous exigeons davantage : une Justice équitable pour les pauvres et l'abolition effective de la peine capitale. La Compagnie générale de tabacs doit aujourd'hui prendre la tête de ce combat.

Le juriste la ramena à la réalité :

– Et en quoi, d'après vous, les pauvres ne bénéficient-ils pas d'une Justice équitable ?

À ce ton mordant, Maren devina la réponse : « Parce que leurs avocats sont nuls comme Maren Pataki. » Elle faillit rougir, mais, inspirant profondément, préféra esquiver la question. Heureusement pour elle, chacun s'égarait dans ses propres réflexions. Perplexe, le vice-président se demandait si la compagnie pouvait sérieusement se lancer dans un pareil combat, au risque de s'aliéner une partie des fumeurs. Un sondage réalisé deux ans plus tôt, sur le profil social des amateurs de cigarettes, démontrait qu'ils restaient, dans l'ensemble, légèrement plus favorables à la peine capitale que le reste de la population. Mieux valait utiliser l'affaire Johnson avec modestie, en tirant parti de cette idée simple et forte du tabac « comme ultime plaisir ». D'un autre point de vue, si Maren Pataki trouvait des arguments sérieux pour démontrer l'innocence de son client, le bénéfice de l'affaire pouvait rejaillir sur la Générale de tabacs en associant le fabricant de cigarettes au sauvetage d'un innocent. Après avoir tout pesé, il prit la parole pour donner son verdict :

– Écoutez Maîtresse, je ne crois pas que notre compagnie puisse vous suivre dans l'engagement contre la peine de mort. Nous respectons vos convictions, mais nous préférons lancer notre campagne d'opinion sur un thème plus consensuel. Si la Cour suprême maintient l'exécution, nous défendrons le droit à la dernière cigarette comme un lien ultime avec cette terre. Belle image, non ?

Il s'était tourné vers le directeur des affaires juridiques qui acquiesça, puis reprit :

– L'important, pour nous, est que le condamné puisse accomplir sa dernière volonté. Faites savoir à la Justice que nous sommes prêts à fournir toutes les infrastructures nécessaires, par exemple une chambre d'exécution fumeurs entièrement sécurisée... Toutefois, si la Cour décide d'aller plus loin en permettant une révision du procès, nous pouvons envisager de vous apporter notre soutien, dans la mesure où vous démontreriez l'innocence de monsieur Johnson.

Sans attendre la réponse de l'avocate obscure à laquelle il offrait la chance de sa vie, le vice-président se tourna vers ses collaborateurs en précisant :

– J'aimerais que tout le monde se cale sur cette position.

Jusqu'à la décision de la Cour suprême, Maren Pataki conserverait donc les moyens mis à sa disposition par la compagnie. Elle regagna sa limousine et demanda au chauffeur de la conduire au centre pénitentiaire pour une ultime rencontre avec Désiré Johnson. Vu le tour pris par l'affaire depuis trois jours, l'avocate était maintenant persuadée d'obtenir un dénouement spectaculaire. Mais elle se méfiait des comportements de son client, de son assurance idiote, de sa mollesse et de ses propos incontrôlables. Prête à lui annoncer qu'elle espérait sauver sa tête, elle ne fut pas très surprise de le voir entrer dans le parloir, d'une démarche nonchalante, en homme toujours préoccupé par la même question :

– Alors, je vais pouvoir la fumer, cette clope ?

– Monsieur Johnson, il ne s'agit pas d'une cigarette ; je veux obtenir une révision du procès ! Vous avez affirmé que vous n'étiez pas là au moment du crime ! Alors il faut saisir la chance et vous battre.

À ces mots, le grand Rasta sembla entrer en méditation. Comme pendant les audiences, on aurait dit que son sort personnel l'intéressait moins qu'une question de logique. Ses yeux scrutèrent l'avocate, comme s'il se devait d'apporter un petit correctif :

– C'est vrai que je ne l'ai pas tué; mais ce type était quand même un salaud de gros raciste!

– Je vous en prie, Désiré, arrêtez de justifier cet assassinat. Cela ne nous a pas servi lors du procès. Tous les crimes sont odieux, même si aucun ne mérite la mort. Et parce que je crois à votre innocence, on va tâcher de vous sortir de là.

– Vous allez parler aux juges?

– Oui, j'y vais maintenant!

– S'il vous plaît, demandez-leur si je peux choisir la marque de la cigarette. J'aimerais une Anglaise; une Benson sans filtre, qui arrache!

Il amorça un sourire :

– Avec un peu d'herbe, ce serait encore mieux.

La militante abolitionniste eut un sourire apitoyé. Rien à attendre de ce pauvre garçon, incapable de faire le nécessaire pour sauver sa peau. L'avocate devrait se débrouiller toute seule. Après avoir salué Johnson, elle retourna vers la voiture et demanda au chauffeur de se rendre à la Cour suprême de Justice, où elle était convoquée à 16 heures pour faire entendre son point de vue.

Comme d'habitude, la plaidoirie de Maren Pataki se situa en dessous du niveau moyen. Malgré la chance que lui offrait cette situation inédite, malgré tous les arguments dont elle disposait, malgré sa conviction profonde, elle ne trouva pas les mots pour convaincre les autorités judiciaires du bien-fondé de sa cause. Les magistrats de la République l'écoutèrent avec condescendance, telle une étudiante en train de passer son examen. Ils la trouvèrent ennuyeuse et rejetèrent sa demande d'annulation de la condamnation à mort ; mais, presque aussitôt, ils oublièrent l'avocate et entrèrent dans une discussion d'experts qui semblait les passionner – ou du moins les distraire – sur la question inédite posée par Désiré Johnson : *celle de la dernière cigarette.* Quelle était la valeur respective de l'article 47 et de l'alinéa 176 b ? Après quelques minutes, les vieux experts en robe noire et col d'hermine plongèrent dans ce débat fervent et demandèrent à l'avocate de sortir jusqu'à ce qu'ils aient arrêté une décision.

La discussion se prolongea tard dans la nuit. Devant l'ampleur du problème, les magistrats priaient régulièrement les huissiers de leur apporter des copies d'archives judiciaires qui s'accumulaient sur les tables : minutes de procès fameux remontant aux origines de la République et même à l'Empire romain. Chacun en profitait pour évoquer ses propres souvenirs d'étudiant, rappeler tel détail de jurisprudence, tel cas intéressant traité au cours de sa longue carrière. La soirée entière fut un concours d'éloquence, tandis que l'avocate s'assoupissait dans l'antichambre sur une banquette, réveillée toutes les demi-heures par les coups de téléphone de la Générale de tabacs qui attendait le verdict. La presse était encore massée devant le palais, vers minuit, quand le président de la Cour apparut entouré de trois confrères, dont les visages rougeauds et ridés avaient recouvré un air potache pour annoncer la décision prise à sept voix contre quatre. Après toute une énumération d'attendus, il énonça enfin sa conclusion :

– Le condamné Désiré Johnson se voit donc autorisé à accomplir sa dernière volonté, en l'occurrence : fumer une cigarette de son choix, qui lui sera fournie par la direction du centre pénitentiaire. Afin de ne pas contrevenir aux dispositions antitabac légalement prises à l'intérieur de l'établissement, la direction du centre devra aménager (à l'intérieur ou à l'extérieur de son enceinte) une zone fumeurs, expressément prévue pour l'accomplissement de cette dernière volonté, sans nuire à la santé du personnel. Sitôt consumée sa dernière cigarette, Désiré Johnson recevra une injection mortelle en application de la peine qui a été prononcée contre lui.

4

L'âge adulte était notre horizon et notre idéal. L'enfance obéissait à des règles strictes ; durant ces trop longues années, nous vivions comme des prisonniers attendant leur libération. Les vacances apportaient un fugace sentiment d'autonomie, une perception soudaine de l'immensité du monde, bien vite dissipée – dès la rentrée des classes – dans l'étroite cour de récréation jonchée de feuilles mortes. Quand j'étais petit, il fallait se taire, obéir, travailler, apprendre et surtout patienter, en attendant d'être reçu dans le monde des « grandes personnes ». À l'adolescence, cette attente se faisait plus pressante, cruelle et précise. Les étapes se succédaient : première cigarette, premier argent, première sortie, premier baiser… dans la perspective de ce jour où la véritable vie prendrait l'appellation officielle de *majorité*. Comme tous les gamins, je lorgnais vers ce paradis où les interdits allaient disparaître, où il deviendrait possible d'agir et de choisir sans demander la permission (du moins pendant les courtes années qui précéderaient le mariage). Certains gestes sans intérêt nous apparaissaient comme les symboles de la maturité : conduire une voiture, entrer dans une boîte de nuit, acheter *Play-boy* au marchand de journaux. Mais le premier de ces droits était incontestablement de *fumer*… Le cancer était le moindre de nos soucis ; au contraire, le cinéma, la publicité nous avaient appris à regarder cette habitude comme un geste de liberté. Allumer une cigarette, la tenir, souffler la fumée : cet étrange artifice prêtait à ceux qui le pratiquaient une allure sophistiquée, élégante et moderne. Objet inutile et presque esthétique, la cigarette différenciait l'homme de l'animal. Par ce moyen et quelques autres, nous voulions devenir grands, le plus vite possible.

Comment aurais-je pu supposer qu'une trentaine d'années plus tard la partie la plus périlleuse de mon existence allait consister – exactement comme un collégien de treize ans – à trouver des endroits cachés pour griller ma clope, à m'enfermer derrière une porte verrouillée, dans un local suffisamment bien aéré pour ne pas être pris en flagrant délit ? Comment imaginer que cette liberté à peine conquise s'effondrerait aussi vite, sous la pression rigoureuse de mesures prises pour ma propre protection ? Comment aurais-je pu supposer qu'après ces années de relative liberté, ma vie sociale allait se traduire par un *retour en enfance* avec ses interdits, tandis que les enfants se verraient gratifiés de droits toujours plus nombreux ?

Je ne saurais dire vraiment l'origine de tout cela mais, un jour, les adultes ont commencé à vouloir se rapprocher de l'enfance. Rien, soudain, ne leur a semblé plus important qu'écouter les tout-petits, les accompagner, les prendre par la main, construire un monde idéalement adapté à leurs besoins, et retrouver l'enfance qui se cache en eux. Le rêve s'est renversé et les grandes personnes ont regardé la jeunesse comme le modèle idéal qu'elles n'atteindraient plus jamais : la spontanéité, la pureté, la peau fraîche, la bonne santé. Dans les premières émissions de téléréalité, les candidats apprenaient déjà à ne plus se montrer comme des personnes mûres et responsables ; au contraire, ils se retrouvaient volontairement dans des sortes d'écoles pour apprendre à chanter, à danser, à dormir dans des dortoirs, à se chamailler pour des bêtises, puis à se pardonner publiquement en se donnant un baiser. Affranchis de l'obsession adulte du ridicule, ils s'exhibaient dans leur simplicité pour un public de téléspectateurs lui-même principalement composé de gamins, maîtres du marché publicitaire. L'enfance est devenue le rêve de la société, celui qui permet de supporter ses contraintes, comme nous supportions l'enfance en rêvant de l'âge adulte…

De telles pensées me traversent l'esprit, cet après-midi, dans les toilettes du quatrième étage de l'administration municipale où je me suis enfermé pour fumer une Marlboro rouge (« goudron : 0,5 mg, nicotine : 0,04 mg, monoxyde de carbone : 0,5 mg »). Pantalon baissé, je grille la cigarette avec délice et j'aspire la fumée chaude au fond de mes bronches, avant d'expirer. La semaine dernière, j'ai enfin réussi à ouvrir cette fenêtre condamnée, grâce au tournevis dissimulé dans ma poche. Ce travail m'a pris plusieurs mois, à raison d'une dizaine de minutes par jour : il fallait démonter chaque vis, puis gratter la colle à bois centimètre par centimètre, jusqu'à ce que le montant finisse par céder. Le fumeur clandestin doit choisir un local bien aéré : quoique ces minuscules toilettes ne contiennent pas de détecteur, il suffirait que la fumée franchisse la porte pour déclencher l'alarme du couloir. Je prends donc toujours le temps de bien ventiler et referme méticuleusement la fenêtre avant de sortir.

Jusqu'à l'an dernier, quelques fumoirs étaient encore aménagés dans l'enceinte de la Cité administrative. Les individus qui « meurent prématurément » s'y retrouvaient comme des proscrits, après avoir affronté le regard méprisant de leurs collègues. Mais, depuis que le jardin d'enfants s'est étendu à tous les locaux, depuis que les moutards sont les hôtes privilégiés de cette maison, plus question de tolérer le moindre risque d'intoxication. Entre adultes, nous pouvions bien encore « nuire à la santé de notre entourage »; nous n'étions qu'un pauvre ramassis d'agrégés de lettres, de licenciés en droit, de pères de famille, de fonctionnaires consciencieux... Mais que les morpions soient exposés une seule seconde au tabagisme, alors là, pas question ! Interdiction générale ! Inutile d'insister ! Que les fumeurs profitent plutôt de cette chance pour corriger leur vice et soigner leur addiction.

Ces mesures, on le comprendra, n'ont pas adouci mes sentiments vis-à-vis de l'enfance. Mais elles ont également eu pour conséquence de me faire régresser vers les plaisirs de la puberté. Loin d'avoir corrigé mon addiction, je tire sur ma clope avec une jubilation secrète et puérile, dans cet espace d'à peine deux mètres carrés, en relisant la notice : « Fumer pendant la grossesse nuit à la santé de votre enfant. » Comme un sale polisson, je fais rougir la braise et j'encule le règlement. Avec un sourire mauvais, j'entends dans le couloir piailler ces mômes qui ne m'empêcheront pas de vivre comme je le désire. Et mon sourire se transforme en grimace perverse quand je songe à la précision tatillonne du nouveau règlement intérieur qui promet des « poursuites » à tous les « contrevenants ». Autrefois, on se contentait d'un avertissement pour quiconque fumait en zone non fumeurs ; désormais, il s'agit de réprimer. Mais le tabac réchauffe mes bronches et j'éprouve une joie ignoble en me rappelant la trogne du maire lorsqu'il annonçait ces mesures sanitaires ! Toujours premier sur la liste des amis de l'enfance, des mamans, des grands-mères ! Il croit avoir transformé la Cité administrative en zone protégée ; il ne m'aura pas, et je lui crache lentement ma fumée à la gueule.

Je l'ai rencontré en début d'après-midi, lors du point technique mensuel sur la « Qualité de la vie ». Il m'a félicité publiquement pour mon rapport : une étude assez subtile, destinée à mettre en lumière les *nuisances paradoxales* induites par la défense de l'environnement ! Nul n'avait envisagé cet étonnant phénomène : la restriction des voies de circulation dans toute la ville n'a fait qu'aggraver les encombrements et la pollution dont les citoyens – qu'on voulait protéger – sont les premières victimes. Dans sa sympathie pour l'équipe municipale, la presse a prétendu pendant des mois que les voitures roulaient plus facilement, que l'air se purifiait, que chacun était plus heureux. Aujourd'hui, les statistiques chiffrées contredisent ce bilan théorique. On espérait décourager les automobilistes par des mesures incitatives ; ils n'ont pas renoncé. Au contraire, l'installation des « couloirs citoyens » a provoqué une montée en flèche des taux de soufre et d'oxyde de carbone. Même l'été, autrefois calme et sain, tourne au cauchemar, quand tout le centre ville est aménagé en zone piétonnière, aggravant l'embouteillage des quartiers voisins. On a beau répéter que *tout va mieux*, chacun souffre de cette situation. Tel est le risque d'une politique censée plaire aux amis de la nature sans s'opposer vraiment à la clientèle des conducteurs.

Après avoir dit tout le bien qu'il pensait de mon analyse, après avoir même regretté que sa politique du « mieux vivre ensemble » puisse entraîner des effets pervers, le maire a souhaité que mon rapport reste confidentiel. Puis il s'est lancé dans une diatribe contre certains médias qui, d'après lui, attendent la première occasion pour dénigrer sa politique. Visiblement, mon rapport l'avait agacé, en soulevant la perspective d'un changement d'opinion, la possibilité d'un regard négatif sur sa politique, la menace d'un point de vue malveillant destiné à noircir son action – après les concerts d'applaudissements vantant cet homme guidé par l'« obsession de l'honnêteté et du bien public ». Soupçonne-t-il, ce con, sous son air angélique, que je vais chaque jour me planquer dans ses chiottes pour y polluer librement mes bronches et mon sang – comme lui empoisonne insidieusement les citoyens de cette ville ?

Quand nous sommes sortis de la réunion technique, une vingtaine d'enfants dansaient la ronde devant la salle de conférences. Chaque après-midi, ils débarquent de l'école, en attendant que leurs parents viennent les chercher. L'huissier nous a priés d'attendre qu'ils aient terminé. L'animatrice fredonnait une chanson paysanne en s'accompagnant d'un tambourin. Les gosses – âgés de cinq ou six ans – se donnaient gentiment la main ; ils tournaient en faisant des pas chassés et la plupart des collaborateurs du maire (qui avait filé par sa porte réservée) se sont figés avec ravissement devant ce spectacle d'innocence et de pureté. Tous ces quadragénaires portant lunettes, ces quinquagénaires aux crânes chauves, ces fonctionnaires cravatés en rajoutaient dans la béatitude, comme si chacun voulait se persuader qu'un monde meilleur commençait, que nous avions beaucoup à apprendre des petits, qu'il était temps d'abandonner notre statut d'hommes pour trouver, dans la jeunesse, un sens à l'existence :

– Tu as vu cette petite fille, comme ses yeux pétillent d'intelligence ?

– Et ce petit Coréen, regarde sa bouille rigolote !

Ma voix a résonné sur un ton sinistre :

– Bande de vieux pédophiles ! ai-je tranché en bousculant mes confrères.

Je me suis avancé dans le couloir en bousculant le groupe d'enfants sous les regards de l'huissier furieux ; puis je me suis retourné en ajoutant sur un ton glacial :

– Qu'on foute ces mioches ailleurs, et qu'on nous laisse travailler !

Ils m'ont regardé, consternés. Les plus indulgents ont supposé qu'il s'agissait d'une mauvaise passe, d'un problème conjugal. Les plus perspicaces ont songé que j'avais mal supporté la décision du maire d'enterrer mon rapport. Les enfants, eux, s'en fichaient; ils continuaient à danser sur un refrain qui s'est accéléré pour s'achever dans une joyeuse cohue. Peu après, je les ai entendus s'éparpiller tandis que j'entrais aux toilettes, bien décidé à me venger des conditions de travail qu'on nous impose. J'ai refermé la porte derrière moi. J'ai poussé le verrou, baissé mon pantalon (si quelqu'un attend son tour derrière la porte, mieux vaut faire entendre des bruits de vêtements, ce qui donne plus d'authenticité au séjour dans ce lieu). À l'aide de mon tournevis, j'ai tourné l'ultime petite vis qui tient la fenêtre close et je l'ai ouverte sur le boulevard de la Victoire où les voitures piétinaient dans un bouchon colossal. Alors j'ai sorti le paquet de cigarettes, j'ai saisi la tige de poison, j'ai posé le filtre entre mes lèvres et me suis approché du courant d'air frais pour actionner le briquet et allumer ma cigarette.

*

D'autres circonstances expliquent ma nervosité; elles remontent au week-end dernier et à l'invitation du frère de Latifa qui voulait nous montrer sa maison de campagne. Aimable proposition en apparence, que nous avions eu tort d'accepter, rompant avec notre style de vie égoïstement épicurien, pour sacrifier à un rapprochement familial. Un autre argument plaidait pour ce petit voyage : la découverte d'une région vallonnée traversée par un vieux canal. Tout à l'idée de promenades au milieu des vignes, avant de nous allonger tendrement dans les prés, nous avons négligé les arguments négatifs ; en premier lieu, la présence des neveux de ma compagne : trois ignobles chiarres qui, depuis leur naissance, exercent un pouvoir dictatorial sur leurs parents. Mon beau-frère et son épouse se réservaient cependant un autre moyen pour gâcher tout à fait notre expédition bucolique.

Tout commença le samedi matin. Arrivés tard, la veille au soir, nous avions passé une nuit délicieuse dans une chambre fleurant bon le sapin. Réveillée par les oiseaux, Latifa était descendue vers 9 heures pour prendre un café. Un peu plus tard, elle s'était installée devant la cheminée pour allumer une cigarette. À peine le briquet avait-il crépité que sa belle-sœur sortait de la cuisine en expliquant calmement :

– Excuse-moi, on fume pas dans la maison…

Ce « on » semblait inclure les invités. Elle avait lâché cette sentence sur un ton gêné qui ne se voulait pas autoritaire, mais n'autorisait aucune discussion. Sachant pourtant que cette interdiction serait fort désagréable à ma compagne, elle ajouta aussitôt :

– Tu peux bien t'en passer un moment, ça ne te fera pas de mal.

Visiblement, elle pensait agir pour notre bien. À la mine déconfite de Latifa, elle jugea toutefois nécessaire de préciser :

– Vraiment, ça me gêne pour la santé des petits ; et puis ce n'est pas un bon exemple.

Agacée, mais n'osant affronter sa famille, Latifa avait terminé la cigarette seule sous l'auvent, dans le froid du jardin, tandis que j'ironisais face à mon beau-frère :

– Vous me faites penser aux anciens communistes. On dirait que le nombre de cigarettes que vous avez fumées jadis vous rend spécialement sévères !

– Pas du tout ! Figure-toi que cette odeur nous gêne, réellement ! Je suis désolé pour vous deux. Mais c'est la seule petite règle dans cette maison.

Cette *seule petite règle* sema une ambiance déplorable dès le matin... Évidemment, j'aurais dû leur donner raison, admettre que cette restriction était profitable ; d'ailleurs je fume peu, l'effort n'était pas si terrible. Au lieu de cela, je me polarisai, avec une curiosité malsaine, sur l'obsession sanitaire de ces individus. Et le degré de gêne engendrée par le tabac chez ma belle-sœur dépassait tout ce que j'imaginais. En début d'après-midi nous étions montés dans notre chambre, Latifa et moi. La radio couvrait nos glissades érotiques sous la fenêtre grande ouverte. Après l'amour, j'ai souvent envie d'en griller une (vieux cliché de virilité, probablement issus des polars de mon adolescence) ; j'avais tout prévu et emporté discrètement une soucoupe pour servir de cendrier. En peignoir, je m'appuyai à la fenêtre afin de dissiper l'odeur de tabac. Le plus petit des neveux passa alors dans le jardin ; il dressa la tête pour m'observer en train de faire des ronds de fumée. Je lui adressai un signe de main amical, mais il rejoignit aussitôt sa mère au salon pour raconter ce qu'il venait de voir… Cinq minutes plus tard, celle-ci commençait à émettre dans la cuisine – juste en dessous de la chambre – une série de toussotements nerveux, comme si elle était incommodée par notre fumée. Selon les lois de la physique, celle-ci ne pouvait *descendre* à l'étage intérieur ; il s'agissait plutôt d'un signal : ces déflagrations maladives nous étaient adressées. Apeurés et silencieux, nous restions terrés comme deux clandestins. Après un moment de silence, ma belle-sœur finit par gravir l'escalier et passa plusieurs fois devant notre porte en toussant plus fort. Une demi-heure plus tard, comme nous retrouvions la famille pour partir en promenade, elle réapparut, fâchée :

– Vraiment, je vous demande de ne pas fumer pas dans les chambres.

Pour appuyer son effet, elle tendit sous nos yeux la coupable soucoupe avec nos deux mégots noirs, bien écrasés. Apparemment dégoûtée, elle s'exclama : « Quelle horreur ! », avant d'enfouir les preuves dans une poubelle. Les enfants nous regardèrent à leur tour en répétant :

– Le tabac, c'est dégueulasse !

– Le tabac, ça donne le cancer !

Nous étions devenus les enfants de toute cette famille. Humilié, je faillis conclure que, dans ces conditions, je préférais rentrer chez moi ; mais je sentis sur mes doigts la légère pression de ma compagne qui m'invitait à rester calme et tenait à éviter le *clash* jusqu'au retour.

On aurait pu sauver ce week-end foireux par d'intéressantes conversations. Malheureusement, durant ces deux jours, il fut impossible d'échanger un seul mot entre adultes, vu qu'à chaque repas le couple plaçait systématiquement ses trois rejetons au milieu de la table – séparant les grandes personnes de façon à donner aux enfants toute autorité sur la conversation, de l'entrée au dessert. Dès qu'un sujet s'amorçait, le fils aîné (dix ans) nous interrompait et racontait ce qu'il avait fait le matin au club de cheval ; il s'énervait parce qu'un de ses copains possédait une console de jeu meilleure que la sienne ; puis la petite sœur voulait parler de sa copine Jennifer. Apparemment passionnés, leurs parents les invitaient à développer, tandis que le dernier vagissait, le nez dans sa purée. À d'autres moments, mon beau-frère prenait un air dégagé et lançait une conversation comme si ce brouhaha ne dérangeait personne... Les enfants filaient parfois dans leur chambre, nous laissant amorcer une ébauche de dialogue adulte ; mais, soudain, la belle-sœur de Latifa interrompait l'échange parce que sa fille s'était mise à hurler et qu'il fallait intervenir. Nous restions à table, désemparés, en compagnie du petit dernier et de son père qui continuait à le faire manger.

Et cette progéniture gardait l'œil ouvert jusqu'à minuit passé. Épuisés, nous sommes rentrés ensemble par le train de dimanche soir. Durant ce trop long voyage, les trois monstres n'ont cessé de courir d'un bout à l'autre de la voiture. Ils dévalaient le couloir central en heurtant les passagers. Ils poussaient des cris de joie, des glapissements d'Indiens, la fille poursuivant le garçon tandis que le bébé, en couches-culottes, trébuchait derrière les deux autres. Et ça recommençait dans l'autre sens, inlassablement. Au début, les parents faisaient comme s'ils étaient les seuls à ne rien entendre. Plongés dans leurs livres qu'ils ne lisaient pas vraiment, ils estimaient vain d'intervenir avec autorité sur de jeunes enfants (vue la façon dont ils les élevaient, l'autorité n'avait d'ailleurs aucun effet). Gêné, je regardais les autres voyageurs pour m'excuser de mon impuissance. Enfin, comprenant qu'ils embêtaient tout le monde, le père ou la mère décidaient d'agir – chacun désignant l'autre pour s'y coller. Mettant dans leur voix toute la douceur possible, ils priaient les petits de se calmer, de s'asseoir et de faire un jeu tranquille. Les enfants se laissaient vaguement saisir, puis ils se tordaient dans les bras de leurs parents avec de méchants piaillements, se glissaient par terre et repartaient courir dans le couloir – la fille poursuivant le garçon, l'un et l'autre poursuivis par le bébé en couches-culottes. Fasciné par ce spectacle, je percevais dans l'agitation des gamins quelque chose d'agressif qui semblait nous être explicitement destiné.

*

Seul, enfin seul aux toilettes du deuxième étage, le pantalon baissé, je déguste royalement ma cigarette. À peine inhalée, la fumée s'échappe par la fenêtre grande ouverte et je songe que tout ne va pas si mal. En me rendant à la Cité administrative, ce matin, j'éprouvais une joyeuse énergie de début de semaine. Le week-end est terminé ; je ne reverrai pas les neveux de Latifa avant très longtemps ; ma petite maison fleurie, mon tendre amour, et même les artères puantes de la ville, tout ce quotidien me semble préférable à une vie de famille. Les interdits existent, mais aussi l'ingéniosité humaine, et nul ne peut m'empêcher de fumer cette cigarette, à l'abri d'une porte close. Le combat n'est pas égal, mais je sais encore me battre. Tout à l'heure, en entrant dans l'ascenseur, j'ai réussi à doubler trois gamins puis à leur refermer la porte au nez. La cabine s'élevait déjà tandis qu'ils tambourinaient, furieux de devoir attendre cinq minutes avant de pouvoir monter à la garderie.

Bref, je suis un adulte et je vis comme bon me semble. Il suffit de conserver mon calme et d'accomplir ma tâche avec rigueur – quitte à provoquer quelques débats avec la hiérarchie, comme je l'ai fait tout à l'heure à propos de la circulation. Si le maire est intelligent, il me saura gré de telles initiatives ; un homme de pouvoir a besoin d'être informé. Je tire une nouvelle bouffée de cigarette et me trouve assez brillant, dans mon genre. Assis sur la cuvette, j'apprécie le goût de la fumée, et ce plaisir excite encore l'admiration que j'ai pour mon propre esprit, pour cet art de soulever la polémique, quand mes collègues se contentent d'approbations béates. Mon pantalon gris repose sur le sol avec la ceinture dénouée. En caleçon, les coudes sur les genoux, ma clope entre les doigts, je paraîtrais ridicule à quiconque ne mesurerait pas l'ampleur de mon influence sur l'organisation de cette ville. J'aspire encore une taffe et la souffle vers la fenêtre.

À cet instant précis, la poignée de porte pivote d'un quart de tour. Tout à ma supériorité, je considère avec dédain cet intrus qui devra attendre que j'aie fini. Avec un sens appuyé de la provocation, je tire à nouveau sur ma cigarette… mais, dans la seconde suivante, plein de stupeur, *je vois la porte s'entrouvrir*. Le mouvement est si timide qu'il me faut un temps pour comprendre que j'ai mal tiré le verrou. Pris de vitesse, je vois apparaître une main minuscule, puis la bouille ahurie d'une fillette de cinq ans qui porte des lunettes et me regarde dans mon nuage de fumée. Pris en faute, piégé, je songe que ce n'est qu'une enfant, qu'il ne faut pas se laisser intimider. Sur un ton courroucé, je m'exclame :

– Sors d'ici tout de suite ! Tu vois bien que c'est occupé !

Au lieu de s'en aller, la fillette semble fascinée par la scène. Elle continue à me regarder, puis énonce la seule observation dont est capable son pauvre cerveau :

– Pourquoi t'as baissé ton pantalon et pas ton caleçon ?

– Je te demande de sortir !

Elle insiste de sa voix fluette :

– Tu sais, on a pas le droit de fumer ici. C'est à cause de la santé des enfants !

Cette assurance à réciter, dès son plus jeune âge, le règlement qui la protège me met hors de moi. J'ai envie de lui flanquer une paire de claques, mais je risquerais de me faire repérer. Soudain, je m'inquiète de l'odeur de fumée qui s'échappe à présent par la porte entrouverte. D'un geste, je me relève et balance par la fenêtre ma cigarette encore allumée. Puis j'avance tant bien que mal en caleçon – le pantalon sur les chaussures – en enjoignant à la fillette :

– Fous le camp d'ici, espèce d'idiote !

Cette fois, j'ai frappé juste. Son visage d'avorton rougit, quelques larmes apparaissent sous ses lunettes, tandis que je repousse furieusement la porte et tourne à nouveau le verrou, avant de remettre le local en état. J'ouvre et je ferme plusieurs fois la fenêtre pour créer un appel d'air ; puis je sors mon tournevis et condamne à nouveau le chambranle en enfonçant la vis secrète ; je pulvérise un peu de désodorisant « brise marine », je remonte mon pantalon et tire la chasse d'eau, comme pour prouver que j'étais bien aux toilettes. Enfin je serre ma ceinture et sors des cabinets du deuxième étage comme n'importe quel utilisateur... La petite est terrorisée et ne dira rien. Je l'aperçois un peu plus loin, dans le couloir. Elle bougonne, appuyée contre le mur, comme si mon insulte l'avait vexée. Pour renforcer la pression psychologique, je passe à côté d'elle en répétant doucement, mais fermement :

– Espèce d'idiote !

Histoire de lui clouer définitivement le bec.

Le soir, de retour à la maison, je raconte l'affaire à Latifa qui se contente de sourire. Elle m'écoute m'emballer, comme j'avais pris des risques fous et couru un grand danger. Le ton de mes propos témoigne du climat d'angoisse et de suspicion qui règne à la Cité administrative, et ma compagne finit par comprendre que cette minuscule anecdote me tourmente secrètement, comme si une menace pesait sur moi. Pour me ramener à la raison, elle s'exclame :

– Tu ne vas tout de même pas flipper parce qu'une gamine de cinq ans t'a vu en train de fumer dans les toilettes !

Elle a raison. J'éclate de rire, avant de glisser les pieds sous la table pour déguster une salade de coquilles Saint-Jacques. Mon angoisse ne resurgira qu'en toute fin de soirée, quand Latifa ne glissera dans un demi-sommeil :

– Mon chéri, ça va te surprendre, mais… je crois que c'est le moment d'avoir un enfant.

– Un quoi ?

– Un enfant, tous les deux.

– Tu ne crois pas qu'il y a déjà assez d'enfants comme ça, ma chérie ?

– Je suis une femme, comprends-moi !

– On s'était pourtant promis…

Les monstres sont partout. Ils s'insinuent sous les portes et jusque dans les pensées de Latifa qui ronfle, à présent ! Énervé, incapable de trouver le sommeil, j'allume la lampe de chevet et j'attrape le *Télégraphe libéral* que je n'ai pas eu le temps de lire, ce matin. À la « une » figure le scoop de la semaine : cette décision de la Cour suprême de

Justice qui, finalement, a autorisé Désiré Johnson à fumer sa dernière cigarette avant l'exécution. La nouvelle me réjouit plutôt ; une lueur d'espoir ramène à leurs justes proportions mes angoisses de fumeur clandestin.

5

Le vrai danger vient des moments d'assurance où je n'ai plus peur. D'un naturel timide et mal assuré, j'avance prudemment vers de modestes victoires. Mais, à l'instant de plénitude où je dresse fièrement la tête, le ridicule, tapi dans l'ombre, n'est jamais très loin de me recouvrir. Cent fois je l'ai constaté. Se méfier de tout accès de confiance, de tout sentiment victorieux ; résister à ces voix insinuantes qui me répètent de ne plus jouer *petit*, *méfiant*, *modeste*, *timide*. Elles voudraient me persuader que tout est possible, et je me grise de leur parfum vénéneux. J'avance fièrement sur le sentier de la gloire, décidé à oublier les embarras médiocres, et c'est alors qu'un seau de détritus me tombe sur la tête.

J'avais recouvré la sérénité, ce mardi matin, en me rendant à la Cité administrative, débarrassé des inquiétudes de la veille. Une fillette m'avait surpris la cigarette au bec, et alors ? Allais-je sombrer dans la paranoïa, moi qui apportais à l'administration municipale une contribution si précieuse ? Je venais de gagner quelques points dans la hiérarchie interne en offrant au maire une intelligente contradiction de sa propre politique. Son agacement même le prouvait : il commençait à comprendre qu'il avait besoin de moi. Latifa me l'avait répété ce matin, au petit déjeuner : il fallait cesser de m'inquiéter pour un rien ; j'avais mouché opportunément une petite morveuse qui prétendait pousser la porte des toilettes, au moment où je me trouvais tranquillement occupé à fumer et à réfléchir.

Les ennuis commencèrent en fin de matinée, tandis que je triais des coupures de presse conservées depuis plusieurs mois : toute une série d'entrefilets, de colonnes, de brèves médicales signalant l'augmentation des maladies respiratoires dans notre ville, au cours des trois dernières années. Jamais ces faits n'étaient mis en relation avec les mesures de restriction de la circulation et les encombrements qu'elles provoquent. À tout prix les médias voulaient regarder le maire comme un homme infaillible – puisqu'il avait épousé une femme noire, adopté des enfants jaunes, fait sa carrière à gauche avant de conquérir la mairie avec l'appui du showbiz. Chacune de ses décisions paraissait donc salutaire. Les « couloirs citoyens » avaient apporté à la ville une « bouffée d'air frais ». Les journaux se contentaient d'applaudir – tout en signalant, *dans d'autres pages*, l'étrange multiplication des maladies respiratoires.

Excité par mes propres recoupements, je décidai de présenter une nouvelle fois mon analyse au cabinet du maire, en insistant davantage : il fallait anticiper un retournement d'opinion, amorcer un virage subtil, réfléchir au moyen d'organiser la circulation sans multiplier les embouteillages. Je récapitulais mes arguments quand le téléphone sonna... Mon assistante venait de recevoir un appel : la Directrice des ressources humaines demandait si je pouvais passer la voir à 15 h 30. Elle ne précisait pas l'objet de ce rendez-vous, mais déjà je flairais une bonne nouvelle. Avancement ? Promotion ? Prime de mérite liée à mes interventions au cours des dernières réunions ? Un pas supplémentaire allait me rapprocher du statut rêvé de *conseiller spécial*, d'intellectuel *hors-cadre*, affranchi des horaires et payé au-dessus des salaires, pour méditer librement sur les sujets qui l'intéressent. Je confirmai le rendez-vous et me rendis à 15 h 25 au cinquième étage.

Pour parvenir au bureau de la directrice, il fallait traverser la pièce qui servait autrefois aux déjeuners officiels, une vaste salle à manger où l'on pouvait admirer cette extraordinaire série de fresques anciennes qui retracent l'histoire de notre ville : l'arrivée de la flotte anglaise, la révolte de 1820, la visite du Tsar… J'aime ces immenses peintures de la fin du XIXe siècle, leur technique figurative peu inventive, mais fascinante par la perfection des détails, le drapé des vêtements, les jeux de lumière sur les fortifications, le grouillement des marchés populaires… Désormais, au milieu de cette salle vidée de tous ses meubles, de tous ses ornements à l'exception des fresques, un château fort gonflable servait d'abri à une vingtaine de 4-6 ans qui gravissaient les murailles en plastique rose. Affublés de salopettes brodées de cœurs ou d'oursons, les mouflets piaillaient, bavaient, se chamaillaient sous le regard agacé des personnages historiques. Quelques échevins en houppelandes semblaient pencher sur la marmaille un œil dédaigneux depuis leurs fenêtres de la Renaissance. Comme les deux assistantes d'éducation avaient le dos tourné, j'adressai moi-même quelques grimaces aux enfants ; un garçonnet se mit à brailler.

Satisfait, j'arrivai au secrétariat de la DRH et ne fus guère étonné – vu mon rang dans cette administration – que le jeune huissier, au lieu de me faire attendre comme un banal employé, me prie d'entrer aussitôt dans le bureau de ma collègue. Engoncée dans les notes administratives, elle redressa la tête, amorça un sourire et tordit la bouche pour me dire, visiblement gênée :

– En fait, mon vieux, je suis bien embêtée. Il faut que je te parle d'une affaire… bizarre !

C'était la règle à la mairie : tous les cadres supérieurs se tutoyaient. Elle poursuivit :

– Un truc un peu malsain… qui te concerne directement !

Les plis de mon visage retombèrent dans une moue ahurie :

– Je ne vais pas y aller par quatre chemins. Dis-moi clairement : es-tu allé aux toilettes, hier, avec une petite fille ?

Mes yeux grands ouverts exprimaient l'incrédulité. Avais-je bien entendu ? Toilettes ? Petite fille ? Ce raccourci prêtait-il une note de perversité à la minuscule anecdote de la veille ? L'indignation jaillit de ma voix :

– Non, mais tu plaisantes, j'espère? Tu n'imagines pas que j'emmène des mioches aux toilettes?

Ma collègue semblait accablée :

– Ça m'emmerde terriblement, cette histoire. Bien sûr que je n'imagine rien, mais… comment dire, la parole d'un enfant est en jeu!

La petite m'avait dénoncé! J'étais tombé dans le piège… sauf qu'après tout je n'avais rien fait de mal; rien de plus grave que de fumer une clope. Je sentis la moiteur soudaine de ma peau. À cet instant j'aurais dû raconter précisément ce qui s'était passé; mais une espèce de pudeur me poussa à nier en bloc. Pas question de me dépeindre en sale gamin qui fume en cachette aux cabinets. Inutile d'évoquer cette cigarette; la fillette n'avait aucune preuve. Je respirai lentement pour me calmer avant de prendre la parole :

– Écoute, les choses sont très simples : oui, je suis allé aux toilettes hier, après une réunion avec le maire. Oui, une petite fille est entrée, car j'avais mal fermé le verrou. Oui, je lui ai demandé de sortir et j'ai refermé la porte. Dans des bureaux envahis par les enfants, ce sont des choses qui peuvent arriver, non? Il n'y a absolument rien d'autre. On ne va pas y passer l'après-midi.

La DRH restait amicale mais pas vraiment convaincue. Elle laissa encore un temps avant de demander :

– Je peux te demander ce que tu faisais aux toilettes ?

Que signifiait cette question incongrue ? Je haussai les épaules en ricanant :

– Écoute, je faisais ce qu'on fait toujours aux toilettes.

– La petite affirme que tu as jeté une cigarette par la fenêtre. Et elle prétend aussi que tu l'as menacée !

La précision policière de l'interrogatoire contrastait avec la minceur ridicule des faits ! Comme je le redoutais, j'étais donc accusé *d'avoir fumé une cigarette*. À cet instant, le plus simple eût été d'avouer. Mais, décidément, l'idée de me décrire en caleçon, la clope au bec, muni de mon tournevis, avait quelque chose d'humiliant. Cherchant une réponse logique, j'enchaînai :

– Voyons, tu sais bien que les fenêtres sont verrouillées. D'ailleurs, toute la Cité administrative est équipée de détecteurs de fumée !

– L'ennui, c'est qu'à la même heure, boulevard de la Victoire, une passante a reçu sur la tête un mégot, tombé d'une fenêtre de ce bâtiment. Autant te dire qu'elle n'est pas contente du tout et qu'elle menace de porter plainte. Je ne voudrais pas t'accabler, mon vieux...

Bien que j'aie tenté de l'éviter, cette conclusion me soulagea. Il me sembla même que je l'attendais depuis le début, depuis ce premier jour où j'avais commencé à déverrouiller la fenêtre. Mon besoin de fumer n'avait rien d'irrésistible ; il s'agissait plutôt d'un désir pervers de transgresser le règlement, d'un besoin enfantin d'être pris sur le fait, réprimandé et corrigé... Soit : chacun saurait que je tirais ma clope en cachette, aux toilettes de la Cité administrative. Soit : j'avais enfreint le règlement ; le crime restait mince. La punition n'irait pas chercher très loin même si, dans le contexte général de lutte contre le tabagisme, je pouvais redouter un retard dans mon avancement. L'exposé des faits étant achevé, j'attendais le verdict de la DRH qui ne semblait désireuse de trouver un compromis :

– Écoute, je ne sais pas quoi te dire, mais la fille s'est plainte à ses parents, il faut t'attendre à une sanction. Surtout avec cette cigarette jetée par la fenêtre... Je vais voir avec ton directeur comment trouver un arrangement raisonnable. Je te promets de faire de mon mieux.

J'adressai un geste sobre à ma collègue pour la remercier. Puis je rentrai chez moi, dépité par cet échec minutieusement préparé ! Depuis des d'années, je m'efforçais d'échapper à la folie ambiante, aux tyrannies de l'époque ; je n'avais pas d'auto, je n'avais pas d'enfants, je regardais peu la télé, je faisais la sourde oreille à ceux qui voulaient me protéger malgré moi. Depuis des années, je m'efforçai d'oublier ces contraintes pour me vouer à mon travail, à mon amour, à notre existence douce et préservée. Malgré tous ces efforts, la folie ambiante avait réussi à me rattraper. J'étais presque honteux de raconter à Latifa comment la DRH m'avait piégé et démasqué, comment ma carrière était sinon compromise, du moins plombée. Le maire, qui se méfiait de moi, aurait beau jeu de me rétorquer en pleine réunion publique :

– Avant de vous occuper de la pollution de la ville et des poumons de vos concitoyens, commencez par arrêter de fumer dans les toilettes !

Tout en grommelant, je caressais Sarko qui semblait vouloir me consoler et posait sa grosse tête poilue sur mes cuisses. Après mon récit, Latifa servit deux apéritifs. Le grand orchestre de Count Basie qui tournait sur la chaîne parvint presque à me faire croire que le bonheur était possible et que la réussite professionnelle n'avait aucune importance tant que nous pouvions, l'un et l'autre, cultiver l'art de vivre dans notre nid d'amour. Ce soir-là, ma compagne eut la délicatesse ne pas parler d'enfants.

*

L'affaire ne fit aucune vague jusqu'à la fin de la semaine. J'attendais le verdict de la DRH ; rien ne semblait avoir filtré dans le personnel municipal ni changé dans mes conditions de travail. C'est seulement le lundi suivant, en rentrant chez moi, que j'eus la vilaine surprise de trouver, dans la boîte aux lettres, un petit morceau de papier bleu notifiant ma convocation à l'hôtel de Police pour une audition à la *Brigade des mineurs*.

Je regardai la convocation sans bouger. Cela sentait mauvais, très mauvais. Comme je lui tendais la missive, les yeux hagards, Latifa resta muette ; mais ce qui m'affola vraiment fut le ton énergique sur lequel elle annonça soudain – comme on défend une cause désespérée :

– On va se battre !

Se battre contre quoi ? Puisqu'il était entendu que j'avais fumé une cigarette en cachette ; puisque j'étais prêt à payer pour avoir outrepassé le règlement, mis en péril la santé des enfants et failli déclencher les alarmes antifeu. Que voulait-on encore ? J'acceptais en bloc ma culpabilité et ses conséquences administratives, mais le glissement imprévu du service du personnel vers la police judiciaire n'avait rien de rassurant et je passai des heures à énumérer les hypothèses : les parents de la fillette avaient-ils mobilisé d'autres parents, persuadés que mon comportement mettait en danger les poumons de leurs rejetons ? Formulaient-ils des accusations plus scabreuses ? Cent fois, dans la presse, j'avais observé la facilité qu'ont les enfants d'accuser les adultes des pires forfaits, sans aucune possibilité de démenti.

En me rendant à l'hôtel de Police, le mardi suivant, j'étais décidé à tout raconter précisément et sans esquive. L'agent de faction commença par examiner mes papiers et me fit passer sous un portail métallique avant de désigner l'ascenseur pour m'envoyer, par un dédale de couloirs, jusqu'à la Brigade des mineurs. Là, une secrétaire peu aimable me pria d'attendre dans une salle à la peinture jaunâtre. Sur une affiche accrochée au mur, on voyait courir des bambins derrière lesquels se profilait l'ombre menaçante d'un homme, surmontée de cette légende : « Protégez vos enfants ! » Refusant de céder à la peur, je patientai une bonne demi-heure avant que la secrétaire m'invite à la suivre jusqu'à la porte du commissaire.

L'homme n'était pas désagréable au premier abord. Assis derrière son bureau, il avait le cheveu rare, les traits fins, l'élocution d'un être cultivé et – fait qui m'apparut comme une marque de solidarité – il fumait une cigarette derrière son bureau. Quasiment prêt à fraterniser, j'osai sortir un paquet de ma poche et lui demandai si je pouvais… Il acquiesça en demandant, l'air narquois :

– Le tabac, c'est donc votre alibi ?

Pourquoi parlait-il d'alibi ? Je préférai sourire sur un ton presque détendu :

– Alibi, mais alibi de quoi ?

La cigarette au bec, le commissaire tripotait un joli presse-papiers en ivoire. Il me jetait de brefs coups d'œil et demanda soudain, ironiquement :

– Vous aimez la littérature pour la jeunesse ? Les films de Walt Disney ?

– Pourquoi faudrait-il que je m'intéresse à ces conneries ?

– D'après ce que je sais, on ne vous voit pas souvent avec des enfants. Vous n'en avez pas, je crois ?

Il passait d'une question à l'autre, selon une logique bizarre. Que je m'intéresse à l'enfance ou que je ne m'y intéresse pas, mon comportement semblait avoir *par essence* quelque chose de louche. Cet homme, pourtant, semblait intelligent et je supposais qu'il me testait. Sans plus attendre, je décidai de mettre les choses au clair :

– Écoutez, monsieur l'inspecteur, mon emploi du temps n'a rien de secret. Je vis bien tranquillement avec ma compagne qui pourra vous le confirmer.

En insistant sur mes relations conjugales, banalement hétérosexuelles, je pensais marquer un point décisif. Il resta un instant silencieux avant de reprendre :

– Vous n'avez pas eu d'enfants avec votre compagne ?

Mon tort, à cet instant, fut de m'impatienter. Ce reproche semblait relayer les pressantes sollicitations de Latifa. Pourquoi voulaient-ils tous que j'aie des enfants ? Dans un élan exagéré, et comme pour en finir avec les soupçons, je m'écriai :

– Non, je n'ai pas d'enfants, car les enfants m'horripilent, ils m'envahissent, ils me bouffent. L'administration municipale s'est transformée en garderie. Mes collègues – des hommes diplômés ! – ressemblent à une armée de puéricultrices. Quant à moi, je ne recherche pas les enfants, je les fuis, c'est clair ?

Au silence du policier, je compris que c'était trop clair. Il demanda encore, la voix suave :

– Pourquoi les fuir ? Vous avez peur de faire des bêtises ?

Les volutes de fumée qui s'élevaient dans son bureau me laissaient croire encore à une entente possible :

– Franchement, je ne vois pas où vous voulez en venir ! On pourrait arrêter là, monsieur l'inspecteur.

– Commissaire ! Vous savez, la difficulté avec le pervers, c'est qu'il nie toujours, spécialement les crimes contre l'enfance. La plupart du temps, c'est un homme intelligent, de votre âge, plutôt cultivé et apparemment normal...

Crime contre l'enfance. Il avait prononcé la formule terrible, ce chef d'accusation qui, plus sûrement que tout autre, vous conduit en prison pour de très lourdes peines. Deux ans plus tôt, sous la pression des associations de victimes, la loi avait banni du langage le terme « pédophile », jugé trop complaisant pour les criminels (il y avait, dans ce mot, une idée d'« amour de l'enfance » incompatible avec l'horreur des faits). On préférait désormais l'expression « crime contre l'enfance » – ce qui entraînait de nouvelles confusions puisque toute personne manifestant un comportement désagréable envers les enfants risquait de se voir assimilée à la catégorie des pervers sexuels.

Supposant que le commissaire maîtrisait ces nuances, je préférai mettre les points sur les « i » :

– Si je comprends bien, monsieur le commissaire, vous me soupçonnez de perversion sexuelle, de « pédophilie », comme on disait autrefois. Sauf que moi, je vous le répète, je suis *pédophobe*, totalement pédophobe ?

– Au point de leur faire du mal ?

– Ce n'est pas ce que je veux dire. Je ne les déteste même pas ! Je ne les vois pas, ils ne m'intéressent pas, ils m'indiffèrent. Pour moi, ce sont des larves humaines, de petits animaux dépourvus d'intérêt.

– Et avec des animaux, on peut faire n'importe quoi, sans scrupules, n'est-ce pas ? Comme attirer une fillette dans les toilettes du quatrième étage de la Cité administrative et s'exhiber devant elle...

Pour la première fois, son visage exprimait la fureur. Terrorisé, je retrouvai des accents aussi sincères que possible :

– Monsieur le commissaire, elle est entrée par surprise. Moi, j'étais seulement en train de déguster ma cigarette.

J'ajoutai à mi-voix, pour éveiller la solidarité du fumeur :

– Figurez-vous que c'est le seul endroit du bâtiment où l'alarme ne risque pas de se déclencher.

– Et pourquoi donc le verrou était-il mal fermé ? Et pourquoi votre pantalon était-il baissé ?

Le commissaire connaissait chaque détail de la scène. On aurait dit que l'affaire avait pris, depuis dix jours, du poids et du volume, qu'elle s'était transformée en « dossier » plein de mystère, de mensonges et d'horreur. Une nouvelle fois, je me sentais dans la peau d'un enfant, dépossédé de toute dignité adulte, obligé de justifier chaque détail :

– Le verrou, en fait, j'ai dû l'oublier…

– Oublié, bien sûr : laissez venir à moi les petits enfants !

Je préférai ne pas relever et poursuivre :

– Le pantalon, comment vous dire… chaque fois que je fume une cigarette, je baisse mon pantalon…

Le policier ricana :

– Ça, c'est intéressant !

– Oui, naturellement, je baisse mon pantalon afin de faire croire que je suis vraiment aux toilettes, si jamais quelqu'un attend derrière la porte.

– Et comment cette personne pourrait-elle savoir que vous avez baissé votre pantalon, puisque vous êtes derrière la porte ?

– Mais enfin, monsieur le commissaire. Vous savez bien que le froissement de vêtements, le crochet de la ceinture font un bruit caractéristique. Par ce bruit, une personne qui attend à l'extérieur des toilettes sait que l'usager est en train de se rhabiller.

Je repris ma respiration. Quel genre de phrase étais-je en train d'énoncer ? Comment pouvais-je passer tout ce temps à expliquer à un policier la façon dont j'utilise les toilettes de la Cité administrative ? Dans un nouvel accès d'impatience – comme si nous étions entre gens de bonne foi et que j'avais la liberté de conclure –, je m'exclamai :

– Écoutez, c'est complètement ridicule, arrêtons là, je vous prie !

– Franchement, je ne vous conseille pas de le prendre sur ce ton. C'est à moi de décider quand on arrête.

Le commissaire hésita encore un instant. Il se pencha vers la pile de papiers entassée sur son bureau, chercha une page, relut silencieusement un passage ; puis il se redressa pour résumer la situation sur un ton parfaitement détendu et, de nouveau, presque amical :

– Moi, je pense que vous êtes coupable. J'ai bien étudié votre dossier : vous êtes un homme cultivé, un peu solitaire, plutôt hostile aux enfants – comme si effectivement vous redoutiez quelque chose. Vous n'êtes peut-être pas encore passé à l'acte, mais vous avez le profil pour y passer un jour ou l'autre...

Tout ce que je pourrais dire ne ferait que renforcer sa théorie préconçue. Pouvais-je tenter de modifier la donne ? Une dernière fois, je puisai dans mes ressources afin de démontrer mon innocence :

– Et le caleçon, elle vous a parlé du caleçon ?

– Quoi, le caleçon ?

– Je vous précise, monsieur l'inspecteur, que mon caleçon était relevé. La petite vous l'a sûrement dit ! Si j'avais voulu commettre un attentat à la pudeur, je l'aurais baissé. N'est-ce pas la preuve que j'étais là *pour fumer une cigarette* ?

– Il paraît aussi que vous aviez un tournevis dans une main.

– Oui, un petit tournevis pour déverrouiller la fenêtre, afin d'évacuer la fumée. Vous le retrouverez chez moi, dans la caisse à outils.

– L'ennui, c'est que la petite prétend que vous l'avez menacée avec ce tournevis !

Je perdis à nouveau mon sang-froid :

– Elle a dit cela, cette sale gosse ? Eh bien non, monsieur, je l'ai chassée des toilettes pour qu'elle ne me dérange pas en train de fumer, tout simplement !

Le policier me regardait dans les yeux :

– Vous savez, des types comme vous, j'en ai vu un certain nombre et la plupart ont fini par avouer. Mais, dans votre cas précis, plusieurs questions se superposent. Pour la cigarette aux toilettes, votre administration réglera ça directement avec vous. Le mégot par la fenêtre, c'est plus embêtant, il y a la plainte de cette femme pour le risque que vous lui avez fait courir ; son avocat réclame des dommages et intérêts.

Il disait cela en vérifiant, le doigt pointé sur les notes accumulées devant lui, puis il avala un peu de salive avant de poursuivre :

– J'espère pour vous que le juge décidera d'en rester là ; mais cela voudra dire que j'aurai échoué. Car, personnellement, je n'ai pas l'intention de vous lâcher.

Il avait prononcé ces derniers mots presque gentiment et poussa l'amabilité jusqu'à détailler la procédure :

– En fait, tout dépendra de la petite. Je l'ai entendue avant-hier, mais elle n'est pas allée jusqu'au bout de ses explications. Nous la réentendrons la semaine prochaine, avec des psychologues, et j'espère qu'elle nous dira ce qui s'est passé réellement.

J'étais abasourdi par tant de mauvaise foi. Il voulait à tout prix découvrir quelque chose d'ignoble, pour une raison qu'il précisa lui-même :

– Vous savez, dans mon métier, il y a une règle absolue : les enfants ne mentent jamais. Je pourrais décider d'être subtil, prendre en compte vos mille bonnes raisons d'être innocent. Mais il faut d'abord et toujours en revenir à cette règle d'or : écouter la fillette pour ne pas risquer – par imprudence – de mettre d'autres enfants en danger. S'il n'y avait qu'une chance sur cent pour que vous soyez coupable, je serais partisan de vous placer en détention provisoire… Mais c'est au juge de prendre la décision.

Avait-il prononcé le mot «détention»? Étais-je déjà tombé si bas? Cynique jusqu'au bout de l'entrevue, le commissaire se leva pour me raccompagner et me prit fraternellement l'épaule en précisant :

– Pour l'instant, vous restez en liberté. Mais attendez-vous à une nouvelle convocation.

Je quittai le bureau en titubant. À la sortie de l'hôtel de Police, mon premier réflexe fut de franchir les grilles du Parc de la Reine tout proche et d'aller m'asseoir sur un banc, près du bassin des canards. J'ai toujours aimé regarder les canards glisser sur l'eau, dans ce décor artificiel d'arbustes et de rochers immergés comme des falaises; j'aime les voir poser leurs pattes palmées sur l'île artificielle dont ils sont les rois, puis s'ébrouer et marcher l'un derrière l'autre en se dandinant. Après m'être assis, je suis resté immobile dans cette contemplation béate, comme s'il fallait seulement respirer, calmement, tout en me répétant : «Je ne veux pas qu'on m'empêche de voir les canards. Je ne veux pas aller en prison.»

Je me suis remis en chemin comme un somnambule. Au lieu de rentrer directement chez moi, je suis encore entré dans un café où j'ai commandé une bière. J'aurais bien raconté mes malheurs au barman… sauf qu'il s'agissait d'un *crime contre l'enfance*, le genre de crime dont on ne parle pas. D'ailleurs, le serveur et la clientèle, comme tout le pays à cet instant, avaient la tête tournée vers le poste de télévision pour suivre les dernières nouvelles de Désiré Johnson ; le feuilleton judiciaire grandeur nature qui devait atteindre son apogée, cet après-midi-là, avec le film en direct de la dernière cigarette.

6

« Chers téléspectateurs, nous voici ensemble pour partager un extraordinaire moment d'émotion et découvrir le dénouement de cette affaire qui défraie la chronique depuis plus de deux semaines. Il vous a suffi d'allumer vos téléviseurs pour être informés, questionnés, interpellés et prendre votre part au débat. Le reportage en direct auquel vous allez assister dans un instant, sur Canal Justice, constitue lui-même un sujet de controverse, malgré l'accord des autorités judiciaires. Certains ont estimé publiquement que cet événement aurait dû se dérouler à huis clos. Tel n'est pas notre avis, et nous nous félicitons de la transparence de ce dénouement qui marque une triple victoire : victoire pour la Justice, dont la sentence sera finalement exécutée; victoire du condamné à mort Désiré Johnson qui, dans quelques minutes, allumera en direct sa dernière cigarette; victoire enfin pour son sponsor, la Compagnie générale de tabacs, qui a fourni les moyens techniques permettant l'accomplissement de cette dernière volonté : un programme suivi dans le monde entier par des dizaines de millions de téléspectateurs... »

Malgré le ton énergique du propos, la voix du présentateur est empreinte de gravité. Son micro en main devant la caméra, les cheveux légèrement soulevés par le vent, il n'oublie pas qu'il présente la fin d'un homme, lui-même assassin d'un policier. Depuis quinze jours, les discussions autour de Johnson, de la peine capitale et du droit au tabac divisent les partis politiques, les groupes d'amis, les familles. Dans certains bars, les clients en sont venus aux mains pour échanger leurs points de vue. Avant de prendre l'antenne, le présentateur a cherché l'expression qui convient au dénouement de cet imbroglio judiciaire : il a fini par adopter ce mélange d'entrain et d'émotion sobre. Le temps des discussions d'experts est terminé; il s'agit maintenant de vivre un moment d'émotion, avec le soutien de la Générale de tabacs. Le logo rouge et or de la multinationale flotte sur de petits drapeaux plantés autour de l'enclos où, dans un instant, le condamné savourera son dernier plaisir, avant de regagner le centre pénitentiaire pour y recevoir l'injection mortelle.

« Comme vous le savez, chers téléspectateurs, après la décision de la Cour suprême de Justice rejetant l'appel de l'avocate Maren Pataki (qui demandait la suspension de l'exécution), mais reconnaissant au condamné le droit imprescriptible d'accomplir sa dernière volonté, la direction du centre pénitentiaire s'est trouvée confrontée à une situation inédite. Comment fumer une cigarette dans un local entièrement équipé de détecteurs de fumée ? Comment échapper à l'avalanche de procès promis par les associations antitabac qui faisaient déjà le siège de l'établissement pour réclamer une application rigoureuse du règlement ? Comment satisfaire le syndicat des gardiens de prison, mais aussi une association de détenus qui en faisaient une position de principe : « Pas de tabagisme passif dans notre prison ! » Inversement, plusieurs délégués du personnel ont souhaité profiter de la circonstance pour obtenir l'ouverture d'un fumoir. C'est alors que la compagnie générale de tabacs a fait savoir qu'elle était prête à fournir tous les moyens nécessaires pour permettre à Désiré Johnson de fumer sa cigarette dans le respect des normes de sécurité, sans grever le budget de l'administration pénitentiaire. Après avoir étudié plusieurs hypothèses, l'entreprise et les autorités judiciaires ont opté pour ce terrain aéré, situé à un kilomètre du centre de détention... »

Le bras du présentateur désigne la petite prairie jonchée de fleurs printanières qui s'étend derrière lui. Au cours des jours précédents, une clôture de deux mètres de haut a été édifiée en bordure du champ. Quatre postes de garde, aux angles du terrain, sont occupés par des gardiens lourdement armés. L'objectif effectue plusieurs gros plans sur leurs visages protégés par des masques en gaze.

« ... Les hommes désignés pour assurer le contrôle de cette opération ont reçu un équipement spécial, destiné à les protéger des émanations de tabac. Ils toucheront également, de la part de la Générale de tabacs, une prime exceptionnelle pour cette activité extérieure au centre pénitentiaire... Mais découvrons maintenant la table et la chaise mises à la disposition de Désiré Johnson pour fumer sa cigarette en toute quiétude... »

L'objectif pivote lentement de la clôture vers l'intérieur du pré jonché de pissenlits, de pâquerettes et de violettes. Au milieu de ce jardin improvisé sont posées une table et une chaise de jardin en plastique blanc, imitation fer forgé... L'objectif se rapproche encore pour montrer les objets posés sur la table par les organisateurs : un cendrier, un briquet et un paquet de cigarettes conforme aux normes en vigueur, orné d'une photo de poumon cancéreux. La Générale de tabacs souhaitait fournir au condamné un paquet spécial, dépourvu de toute allusion morbide. Sur ce point, les associations antitabac l'ont emporté : aucun favoritisme pour le criminel Désiré Johnson.

« Mais voilà qu'on s'agite du côté du centre pénitentiaire... Allô, Jack, vous m'entendez ? »

La caméra continue à parcourir le pré fleuri, tandis que s'engage un dialogue en voix off.

« Oui, Misha, je vous entends parfaitement. Je me trouve à l'entrée de la prison, dont les portes viennent de s'ouvrir. On s'attend à voir apparaître, d'un moment à l'autre, le fourgon qui va transporter le condamné vers le lieu d'exécution... enfin, je veux dire : d'exécution de sa dernière volonté !

« – Il est intéressant de préciser, n'est-ce pas, Jack, que la distance entre la prison et ce pré aménagé par la Générale de tabacs est d'environ un kilomètre.

«– Un kilomètre trois cents exactement. Mais voilà, Misha, ça y est, le véhicule sort de la prison ! »

L'image du pré s'est estompée, faisant place à un plan fixe sur le centre pénitentiaire. On voit s'avancer un fourgon encadré par deux blindés légers, pour le cas où cette affaire d'État inspirerait un groupuscule terroriste. Les véhicules disparaissent sur la route avant d'être bientôt « repris » par les caméras posées à l'entrée du terrain. Le fourgon ralentit, puis s'arrête devant la clôture. Misha délivre encore quelques explications :

« Parmi les débats suscités par ce qu'on appelle aujourd'hui l'affaire Johnson, l'un des plus délicats concerne le droit de diffuser publiquement ces derniers instants de la vie d'un homme. Précisons que le condamné, interrogé par son avocate, maître Maren Pataki, a donné son accord… L'administration pénitentiaire aurait toutefois pu s'opposer à cette médiatisation. De leur côté, les associations antitabagiques regrettent qu'une décision de Justice serve de prétexte à un déballage publicitaire en faveur de la cigarette – publicité au demeurant interdite… »

Des hommes armés ont sauté des blindés légers pour prendre place autour du fourgon toujours fermé.

«... Il semble, en fait, que les arguments juridiques aient joué en faveur de la Générale de tabacs – certains avocats affirmant que l'administration pénitentiaire ne peut légalement procéder à une exécution fumeurs, à moins d'en confier l'organisation à un sous-traitant. En échange de sa prestation, la compagnie de cigarettes souhaitait obtenir les droits audiovisuels de l'événement; mais elle a dû s'engager à ne rien faire, lors de la diffusion, qui puisse s'apparenter à une publicité déguisée pour ses marques de cigarettes. Le président de la Générale de tabacs préfère parler d'un «moment de réflexion» auquel il invite les téléspectateurs, dans le respect de leurs opinions. Mais voici maintenant, Jack, qu'un gardien s'approche pour ouvrir le fourgon. Nous allons découvrir le condamné en direct, l'incroyable Désiré Johnson...»

En prononçant cette dernière phrase, Misha a haussé la voix comme si le spectacle commençait. Johnson descend du fourgon dans sa tenue de prisonnier – une espèce de toile orange taillée d'une seule pièce. Tous les téléspectateurs concentrent leurs regards sur ses épaules larges, ses tresses de Rasta, ses grands yeux verts... Une expression de satisfaction se dégage de ce visage bien assuré qui semble chercher l'objectif et se fige devant la caméra. Johnson n'a plus rien du condamné ahuri ; il pose pour son public et dresse ses deux mains lourdement enchaînées l'une à l'autre, dans un geste de victoire. La satisfaction d'avoir obtenu *ce qu'il voulait* semble l'emporter sur l'appréhension de la peine capitale qui sera appliquée dans moins d'une heure :

« Nous aurions aimé interviewer le condamné pour recueillir ses dernières impressions, connaître son avis sur l'organisation de l'événement, sur le choix de cette prairie… Les autorités judiciaires nous ont malheureusement interdit d'approcher Désiré Johnson, pour des raisons compréhensibles. Car cet homme n'est pas un saint. Il a été reconnu coupable de l'assassinat d'un policier, père de trois enfants. La victime avait quarante-trois ans. Aujourd'hui, le moment est venu pour Johnson de payer sa dette… »

Deux gardiens guident le condamné jusqu'à l'entrée du champ fumeurs. Un troisième homme s'avance pour déverrouiller les menottes. Johnson, désentravé, secoue un instant ses bras ; il redresse la tête avec un drôle de sourire puis avance seul à l'intérieur de l'enclos, tandis que le commentateur s'étonne :

« Drôle d'assassin qui a toujours nié son crime, mais n'a pu s'empêcher de répéter durant le procès : "Franchement, si je devais tuer quelqu'un, j'aurais choisi un salaud dans ce genre-là!" On comprend que la Cour ait retenu la peine de mort qui est, je vous le rappelle, officiellement abolie dans toute l'Union, sauf dans certains États et dans certains cas, comme l'assassinat d'un membre des forces de l'ordre... C'est donc sans apitoiement, mais avec une certaine émotion que nous voyons Désiré Johnson avancer vers la table de jardin où l'attend sa cigarette. Un spectacle assez extraordinaire, n'est-ce pas, Jack?

«– Oui, quand on pense que cet étrange provocateur vit devant nous ses quinze dernières minutes! Quand on pense surtout qu'il vit ces dernières minutes avec l'insouciance suicidaire du fumeur!

«– En effet, mon cher Jack, c'est le terrible paradoxe de cette affaire. On peut comprendre qu'un homme qui va mourir souhaite en griller une dernière, mais il ne faudrait pas que l'intérêt suscité par son cas marque un regain de faveur pour le tabagisme!

«– Personnellement, je suis bien heureux d'avoir arrêté de fumer depuis sept ans. Mais ce qui nous passionne aujourd'hui, c'est la première judiciaire; cet homme formellement autorisé à accomplir sa dernière volonté, cet homme qui maintenant accède à l'objet de sa requête.»

Pendant cet échange, le prisonnier a fait quelques pas sur l'herbe, le visage de plus en plus radieux. Il s'est immobilisé plusieurs fois, saisi sous un angle, puis l'autre, par les caméras disposées autour du pré. À présent, il plie les genoux et se penche vers le sol. Il tend la main et, de l'index, il caresse les pétales d'une pâquerette avant de la cueillir délicatement. Il avance ensuite l'autre main, cueille une violette et commence à composer un bouquet. Les présentateurs restent muets pendant plusieurs secondes ponctuées de brèves exclamations :

« Incroyable ! Que fait-il ?

« – On dirait qu'il cherche quelque chose...

« – Non, je crois qu'il cueille des fleurs ! »

La tête de Misha réapparaît sur l'écran. Il tient fermement son micro devant le pré où Johnson s'affaire toujours, accroupi près du sol. Bouleversé, le commentateur abandonne la rigoureuse neutralité du commentaire :

« Vous voyez comme moi ce spectacle fantastique. Comment un homme condamné pour l'assassinat d'un policier peut-il, au seuil de sa propre mort, s'interrompre pour cueillir des fleurs des champs ? On aimerait comprendre le sens de ce geste.

« – En tout cas, Misha, ceux qui regardaient Johnson comme un monstre doivent être désappointés...

«– On dirait qu'il se relève maintenant et qu'il s'approche de la table. Regardez : il tient à la main son bouquet de fleurs...

«– Est-ce un dernier clin d'œil à cette terre qu'il va quitter ? Je suppose qu'il va maintenant allumer la cigarette.

«– Quel rapprochement bizarre ! La cigarette, avec ses goudrons toxiques ; les fleurs des champs, symbole de fraîcheur... J'imagine que plus d'un spectateur doit s'interroger sur le comportement de Johnson. »

Le condamné se tient debout près de la table. Il ne s'assied pas ; au contraire il repousse le paquet de cigarettes vers le bord, puis il jette en désordre ses pâquerettes, ses pissenlits et ses violettes sur la surface de plastique blanc. On le voit à nouveau s'agiter, dans son uniforme orange plastifié. Soudain, l'image disparaît dans un fondu ; une autre caméra prend le relais, fixant le visage d'un gardien sous son masque antitabac, tandis que Misha prononce en voix off :

« C'est incroyable, Jack, il se passe quelque chose d'incroyable...

«– Éclairez-nous, Misha ! L'image ne permet plus de voir ce qui se passe. Je crois que notre réalisateur est un peu désemparé.

«– De fait oui, car je crois que le condamné à mort Désiré Johnson est en train de faire passer un message.

«– Un message ?»

L'image revient sur Johnson, penché vers la table. On le voit seulement de dos, mais Misha, grâce aux écrans de contrôle, décrit précisément les gestes du prisonnier :

«Je crois qu'il dessine des lettres à l'aide des fleurs des champs ; comme s'il voulait dire quelque chose...

«– Ce serait un scoop hallucinant, Misha. Vous savez que Johnson n'a pas le droit de s'exprimer à l'occasion de cette dernière volonté ! S'il le fait, cela peut même perturber le déroulement de l'émission.

«– Effectivement, le pari est risqué ; c'est pourquoi notre réalisateur a eu un moment d'hésitation. Mais il semble que la Justice laisse faire, pour l'instant. J'imagine que Johnson veut profiter de l'occasion pour clamer son innocence... Il prend encore une pâquerette et les mots commencent à devenir lisibles. J'essaie de comprendre... Oui, c'est cela, c'est... incroyable !»

Le grand corps de Johnson se redresse enfin. Son visage détendu se tourne vers la caméra ; puis il s'écarte et laisse apparaître, en lettres végétales posées sur la table blanche, cette courte phrase composée de tiges, de pétales, d'étamines ; trois mots offerts aux millions de téléspectateurs :

VIVE LA VIE

Après un temps de silence, la voix de Misha reprend :

« Vous découvrez cette phrase en même temps que nous. Incroyable Johnson ! Une fois de plus, il déconcerte tout le monde en ne disant pas : "Je suis innocent..." Non, le sens est beaucoup plus général.

« – C'est vrai, Misha. Un hommage à la vie, écrit avec des fleurs ; on a du mal à croire qu'une telle formule sorte de la cervelle d'un assassin.

« – Si seulement cet homme, qu'on aimerait croire innocent, n'avait pas répété, durant son procès, qu'il aurait facilement pu tuer ce policier !

« – Mais rappelez-vous qu'il a dit aussi : "Jamais je ne pourrais faire du mal à un vieux, à une femme, ni à un enfant..."

« – Un amour de la fragilité qu'il vient encore d'exprimer. Vous savez ce qui me vient à l'idée, Jack ?

« – Non.

« – Si toute cette affaire de cigarette n'était qu'un moyen pour en arriver là ; une extraordinaire stratégie visant à faire passer ce message avant de mourir… »

Comme pour confirmer ces dires, Johnson est enfin assis sur la chaise de jardin. Il se penche vers la table et saisit le paquet, puis il sort la cigarette du condamné, la porte à sa bouche et l'allume. Il s'est placé de telle façon que le public, tout en le voyant fumer, puisse lire cette phrase inscrite à côté de lui : « Vive la vie. »

« Mais pourquoi donc ce type étonnant laisse-t-il planer l'ambiguïté jusqu'à la dernière seconde ? Pourquoi, au lieu de hurler pour sauver sa peau, en appelle-t-il à la conscience de chacun ? »

Désiré Johnson savoure à présent chaque bouffée de fumée, et l'on dirait qu'il communie avec la nation entière. Des millions de téléspectateurs interprètent le message chacun à sa façon. Réunis dans leur salle de conférence, avenue du Président-Bush, les responsables de la Générale de tabacs songent qu'avec le concours d'un tel acteur, l'entreprise en péril pourrait bien retrouver des perspectives radieuses. L'avocate Maren Pataki qui a échoué dans ses tentatives d'obtenir une grâce, comprend qu'avec un pareil client, tous les espoirs sont possibles. Le président de la République lui-même est prostré devant son téléviseur. Il réfléchit sur le sens de la vie et le scandale émotionnel que produirait l'exécution d'un tel homme. Voilà du moins ce qu'on peut supposer, tandis que Johnson regagne le fourgon cellulaire pour se diriger vers la prison et subir l'injection mortelle. Car au moment où le véhicule franchit l'enceinte du centre pénitentiaire, la silhouette survoltée de Misha apparaît une nouvelle fois sur l'écran, micro en main, pour annoncer, un peu essoufflé :

« Aujourd'hui, décidément, les scoops se succèdent. On vient d'apprendre que le Président a téléphoné, *in extremis*, pour accorder sa grâce exceptionnelle au condamné à mort Désiré Johnson. »

7

Arrivé impasse des Hortensias, j'entendais encore les mots du commissaire : «Je pense que vous êtes coupable et, personnellement, je n'ai pas l'intention de vous lâcher… » Le long du trottoir, les jardins fleuris sentaient bon le printemps, mais l'épouvantable menace rendait cette beauté fragile et me donnait envie de fondre en larmes. Bondissant depuis la maison, Sarko s'approcha pour recevoir mes caresses et je le serrai contre ma cuisse avec désespoir. Écrasé par l'accusation, je me demandais comment raconter à Latifa la scène qui venait de se dérouler. À mon teint pâle, à mon élocution hésitante, elle comprit aussitôt. Elle insista avec suffisamment de tact pour que je décrive précisément l'entrevue et la conclusion du policier. Dans le silence qui suivit, ma compagne me regarda avec cette confiance que je lui connaissais, cette énergie des êtres civilisés, persuadés qu'il existe toujours une solution, et elle affirma :

– On va se battre !

Elle était grande, saine, souriante et sa combativité, cette fois, me requinqua. La personnalité même de Latifa, belle femme épanouie, ne constituait-elle pas la démonstration suffisante de mon innocence ? Comment l'amant d'une telle déesse aurait-il pu dissimuler la personnalité d'un pervers ? Incontestablement, sa personnalité jouait en ma faveur. Combattant l'angoisse qui me nouait le ventre, je décidai de suivre son exemple – la première chose à faire étant de trouver un avocat.

Sans doute crut-elle bien faire en me soufflant, au cours du dîner, le nom de Maren Pataki, devenue fameuse après avoir sauvé de la mort Désiré Johnson. Le rapprochement de deux causes tellement disproportionnées pouvait paraître inquiétant, mais Latifa visait grand ; elle voulait ce qui existait de mieux, à n'importe quel prix. Tout naturellement, son attention s'était fixée sur celle qui, sous le feu des médias, venait de permettre au criminel noir d'échapper à l'injection mortelle. Mal informé des détails, j'ignorais que maître Pataki n'était pour rien dans le sauvetage de Johnson, et qu'elle avait plutôt précipité sa condamnation par une plaidoirie maladroite. Johnson seul avait eu l'idée de la dernière cigarette. Johnson seul avait sauvé les meubles par son incroyable prestation télévisée. Je devais découvrir tout cela bien plus tard car, pour l'heure, Latifa avait une autre vision de l'affaire : en sauvant cet homme grâce à la « cigarette du condamné », Maren Pataki était devenue la *pasionaria* des défenseurs du droit au tabac. Si elle avait pu faire gracier un criminel, elle n'aurait aucune difficulté à innocenter un simple fumeur suspecté à tort de crime contre l'enfance. En outre, elle bénéficiait du soutien de la puissante Compagnie générale de tabacs qui verrait, dans mon cas, une occasion supplémentaire d'inciter les fumeurs à relever la tête.

La première difficulté était d'entrer en contact avec cette femme en pleine gloire, transformée en manager officiel de « Désiré » (comme tout le monde l'appelait désormais), l'ami de la vie, des enfants et des fleurs. Latifa remua ciel et terre pour établir un contact, persuader l'avocate que nous n'étions pas des emmerdeurs appâtés par la notoriété, démontrer que mon affaire était intéressante et qu'en outre, elle avait de quoi payer. Nous ignorions que la Générale de tabacs, devant l'ampleur soudaine de l'affaire Johnson, venait de solliciter un grand cabinet pour remplacer cette commise d'office et obtenir la révision du procès. Le dernier espoir de Maren Pataki tenait dans les humeurs imprévisibles de Johnson qui pouvait décider de l'imposer. En attendant, profitant de sa gloire passagère, elle s'empressait de répondre favorablement à toutes les sollicitations qu'on lui adressait; l'appel de Latifa lui apparut comme une opportunité parmi d'autres pour élargir sa clientèle.

Chaque matin, Désiré faisait la une des journaux. La grâce présidentielle avait été suivie par la parution d'une pétition, signées par les plus grandes consciences du pays, en faveur d'une nouvelle enquête : « Nous avons du mal à croire que cet ami de la vie, des enfants et des fleurs soit un assassin. Son seul crime n'est-il pas d'être pauvre et noir de peau ? »

Pendant quelques jours, l'idée de partager mon avocate avec un homme si populaire me remonta le moral. Lors de notre première entrevue dans son minuscule bureau, maître Pataki montra d'ailleurs une solide confiance concernant mon sort : il ne pouvait rien m'arriver de grave, faute de preuves. Pourtant, je n'aimai pas la façon dont elle interrompit mes questions pressantes avec un sourire maternel :

– Ne vous agitez pas, ça ne sert à rien !

Se tournant vers Latifa, elle ajouta, sur un ton de complicité féminine :

– J'ai l'impression de voir mon fils de douze ans. Toujours impatient, toujours pressé de connaître la réponse !

Les rires qu'elles avaient échangés me revenaient à l'esprit comme un bruit désagréable.

À la Cité administrative, j'avais demandé un congé exceptionnel pour préparer ma défense. Chaque matin, je descendais l'allée du jardin pour vider la boîte aux lettres où je redoutais de trouver la convocation du juge d'instruction qui arriva une semaine plus tard. Sur le journal du jour figurait une nouvelle photo de Désiré, son bouquet de fleurs à la main. Avec un certain vertige, je songeai que cet homme venait d'échapper à la mort grâce à une cigarette, tandis que moi... Je frissonnai en imaginant jusqu'où pouvait conduire la symétrie des situations.

Latifa, qui n'est pas officiellement mon épouse, n'avait pas le droit de m'accompagner à l'audience. Je la quittai dans le vaste hall du palais de

Justice. Après m'avoir serré dans ses bras, elle tenta encore de me réconforter :

– Reste calme. Dis ce qui s'est passé et tout ira bien. Mais, surtout, fais confiance à ton avocate.

Sur ce dernier point, elle avait tort ; car il est difficile de faire confiance à une avocate absente. Or maître Pataki n'était pas encore arrivée quand j'entrai dans le bureau de la juge d'instruction, une grosse femme coiffée à la garçonne qui m'accueillit d'un tonitruant :

– Asseyez-vous, monsieur l'amateur de petites filles !

Comme chez le commissaire, la messe semblait dite. Mes dénégations ne serviraient à rien et la peur m'envahit à nouveau. Pour tenter d'échapper à son regard d'ogresse, je dressai la tête vers une grande peinture à l'huile accrochée derrière elle, au-dessus du bureau : un tableau de style pompier représentant un groupe d'enfants nus, mi-anges mi-bébés, s'ébattant dans un nuage ouaté. Le peintre avait reproduit avec un infini souci du détail les formes potelées, la couleur des fesses et les petits seins roses. Avant que j'ouvre la bouche, la juge éructa – comme si elle venait de me piéger :

– Elles sont jolies, mes fillettes, hein ? Mais attention, pas touche !

L'arrivée soudaine de maître Pataki ne fit pas

meilleure impression. Toute gonflée par sa récente notoriété, la petite femme ébouriffée entra dans le bureau chargée de dossiers, en expliquant triomphalement qu'elle conservait le dossier Johnson, à la demande du condamné. Elle s'excusa à peine de son retard, ce qui lui valut une remarque désagréable de la magistrate. Loin de se laisser intimider, mon avocate débita son argumentation qui tenait en trois points :

1°) La suppression des zones fumeurs dans les administrations était déplorable ; cette nouvelle affaire le soulignait. Mon coup de folie dans les toilettes était certainement lié à la frustration. Une grande compagnie cigarettière étudiait d'ailleurs la possibilité de rétablir – à ses frais – des fumoirs dans les administrations.

Sa référence à la Générale de tabacs me parut prématurée. Mais pourquoi, surtout, parlait-elle de « coup de folie » ? La démonstration comportait deux autres points :

2°) Il n'était pas question de mettre en cause la parole d'un enfant. Mon casier judiciaire ne montrait toutefois aucun antécédent et une confrontation avec la victime semblait indispensable pour établir rigoureusement les faits.

3°) Impossible de juger une telle affaire sans tenir compte des situations d'inceste ou attentats à la pudeur auxquelles j'aurais été soumis durant mon enfance. Elle réclamait donc une expertise psychiatrique.

Je restai pantois avant de me tourner vers elle en bredouillant :

– Mais ce n'est pas du tout cela ! Il ne s'est rien passé aux toilettes !

Devant le regard désarmé de mon avocate, je découvris que ma situation était plus délicate que je ne l'avais cru. Même pour la personne chargée de me défendre, il semblait difficile de mettre en doute les propos de cette fillette. C'est pourquoi maître Pataki avait opté pour un cheminement subtil, incluant quasiment l'acceptation de ma culpabilité. Elle ajouta sur un ton qui se voulait rassurant :

– Faites-moi confiance !

La juge d'instruction arborait toujours son sourire de mangeuse d'homme :

– Comme votre avocate l'a rappelé justement, il n'est pas question de contester une parole d'enfant. Répondant à votre requête, j'ai toutefois convoqué la victime, qui se tient dans la pièce voisine, afin de confirmer ses graves accusations.

Elle avala sa salive et me regarda plus sévèrement :

– Je vais faire entrer la petite Amandine, mais soyons clairs : vous n'avez pas le droit lui adresser la parole, sauf à ma demande. Après le traumatisme qu'elle a subi, votre présence sera suffisamment dure à supporter.

Qu'aurais-je bien pu dire après cette entrée en matière ? Mon point de vue n'intéressait personne et ma parole n'avait aucune importance. Machinalement, je levai mon regard exaspéré vers les bébés potelés, accrochés au-dessus la juge qui répéta en ricanant :

– Pas touche !

La fillette entra dans le bureau. À peine avais-je eu le temps de la reconnaître que sa mère – une Lolita vieillissante en jupe de skaï noir et blouson violet –, me lança sur un ton dégoûté :

– Espèce d'ordure ! Des types comme toi, on devrait les torturer pour ce qu'ils font aux gosses !

La juge la laissa débiter ces insanités et d'autres menaces. Quand elle eut fini, je crus bon de préciser :

– Madame, je n'ai jamais touché à votre fille.

– Je vous ai demandé de vous taire, monsieur, coupa sèchement la juge d'instruction. Dis-moi, ma petite, Amandine, c'est bien ton nom ?

La fillette hocha la tête sans me regarder. Son visage était penché vers le sol et tout l'interrogatoire se déroula ainsi, sans qu'elle lève les yeux vers moi.

– Tu reconnais ce monsieur, Amandine ?

Elle ne répondait pas. Je regardai l'ogresse assise derrière son bureau. Deux bajoues tombaient de son visage plein de veinules qui, soudain, se remodela dans une tendre grimace :

– Ma petite Amandine, je sais que c'est très dur, pour toi, de penser à ce qui s'est passé. Alors je vais le dire moi-même et tu me diras si c'est vrai, d'accord ?

– D'accord.

– Est-ce que ce monsieur avait baissé son pantalon ?

– Oui, madame !

– Est-ce qu'il avait laissé la porte ouverte ?

– Oui, madame !

– Est-ce qu'il t'a fait peur ?

– Oui, il criait contre moi. Il avait un tournevis !

– Est-ce qu'il t'a touchée ?

La petite fille regardait toujours le sol. Hésitant un instant, elle leva ses lunettes vers sa mère qui passa la main sur son épaule et serra sa petite tête :

– Vas-y, ma chérie, tu peux lui dire.

– Oui, madame, il m'a touchée.

– Je sais que c'est très difficile, Amandine, mais est-ce que tu peux me dire où il t'a touchée ?

Amandine interrogea de nouveau sa mère, visiblement impatientée et soudain plus autoritaire :

– Vas-y, dis-lui !

– Oui, madame, entre les jambes.

À ces mots, tandis que Lolita serrait plus fort son enfant, j'explosai et m'adressai à celle que je prenais pour mon avocate :

– Je ne peux pas laisser dire des choses pareilles…

– Je vous ai demandé de vous taire, coupa la juge. Je sais que c'est difficile pour vous de respecter une enfant, mais fermez-la maintenant ! Je vous remercie, madame, et toi aussi ma petite Amandine. Je te promets que ce monsieur-là ne te fera plus jamais de mal.

Il ne se passa quasiment rien d'autre. Après le départ d'Amandine et de sa mère, la juge d'instruction assura mon avocate que, vu ce témoignage pénible, il lui semblait indispensable de me placer en détention provisoire et de faire procéder à une perquisition à mon domicile. Elle ajouta qu'une enquête était en cours auprès de tous les enfants qui fréquentaient le couloir du deuxième étage, à la Cité administrative. Dans sa déposition, la mère d'Amandine avait laissé entendre que d'autres pourraient avoir été victimes de mes attouchements, comme le laissaient craindre certains cauchemars de sa fille. Maren Pataki ne trouva rien à rétorquer. Des gardes entrèrent pour me passer les menottes et me conduire au dépôt. En voyant ma vie s'effondrer brutalement dans cette catastrophe grotesque, je commençai à me débattre tandis que l'avocate se contentait de répéter :

– Faites-moi confiance. Pour l'instant, je vais plaider l'attentat à la pudeur sans attouchements ni violence. Il faudra peut-être accepter un traitement médical, mais on va se battre et vous allez sortir.

– Dites à Latifa que j'ai besoin d'elle !

J'avais presque crié cette phrase. Les poignets entravés par deux cercles de métal froid, je franchissais déjà la porte vers ma condition de captif. Placé en détention provisoire à la prison Saint-Laurent, j'appris quelques jours plus tard le joli sobriquet de *Mort Subite* qui désignait maître Pataki dans le monde des taulards.

*

Seul l'instinct de survie m'a empêché de perdre pied. Ma situation objective était effroyable : passer instantanément du statut de cadre supérieur, d'intellectuel occidental aisé, d'homme adulte libre de ses mouvements, à la condition de prévenu incarcéré par la Justice ; être soudain privé de mes droits élémentaires, soumis à un horaire et à un règlement, soustrait à la lumière du jour, menacé de sévices par mes codétenus ; me voir potentiellement ruiné pour payer les avocats et dédommager les victimes… Certains en perdent la raison ou se laissent mourir. Surtout quand, au sein même de la classe des proscrits, vous voilà classé dans la catégorie la plus abjecte, du simple fait que votre dossier d'instruction mentionne le pire des méfaits : *crime contre l'enfance*. Dans ce cas, aucune forme de compassion ni de solidarité ne peut s'exercer en votre faveur.

Dans l'élan des conversations de salon, j'ai longtemps cru que je préférais les criminels aux policiers, les détenus aux magistrats. Une sympathie spontanée me portait vers les hors-la-loi de cette société cruelle… Il aura fallu me retrouver ici pour comprendre que les prisonniers sont aussi abjects que l'humanité dans son ensemble ; qu'ils établissent, à l'intérieur des établissements, la même impitoyable hiérarchie sociale ; que leur morale du bas reproduit la morale courante, dans une version plus simple et brutale. Ils reprennent à leur compte toutes les ignominies médiatiques dictées par les fantasmes du jour. Comme pour se dédouaner de leurs propres crimes, ils se vengent avec un acharnement redoublé sur ceux que la société juge les plus ignobles.

Dès mon entrée dans cette souricière, je n'ai guère eu le temps de m'apitoyer sur moi-même, toute mon énergie se trouvant absorbée par une autre urgence : échapper à leur vertu de bandits en évitant de dire pourquoi j'étais là – ce qui n'est pas facile, dans un lieu où l'on affiche son crime comme on présente ailleurs un *curriculum vitae*... Devançant mon hésitation, les gardiens s'étaient d'ailleurs chargés d'informer tout le monde ; du moins je le suppose puisque, dès la première promenade dans la cour de la prison, je me suis retrouvé isolé sur le parterre, tandis qu'une demi-douzaine de détenus tenaient un conciliabule en me jetant des regards préoccupés. Au coup de sifflet, ils se sont dispersés mais, bientôt, ils sont passés près de moi l'un après l'autre, en glissant à mon oreille leur compliment, agrémenté d'un petit signe des doigts sur la gorge, tranchant comme une lame en acier.

– On te fera la peau, sale pointeur !

J'aurais dû répondre que je n'avais moi-même aucune sympathie particulière pour cette catégorie de la population. J'aurais volontiers rappelé que j'étais innocent et présumé tel jusqu'à mon procès. Mais en prison, la présomption d'innocence existe encore moins qu'ailleurs. La litanie des menaces s'est donc poursuivie jusqu'à la fin de la promenade, avec un programme de plus en plus précis :

– Évite de dormir, si tu veux te réveiller !

Comme je devais l'apprendre plus tard, l'individu qui me chuchotait ces mots doux avait tué l'amant de sa femme en lui frappant la tête contre le sol. Au lieu d'assurer son improbable défense, il consacrait son énergie à une nouvelle cause au service de la Justice : régler son compte à un ennemi de l'enfance. À peine avais-je eu le temps de comprendre sa menace que je reçus un coup de poing sec dans les reins, tandis qu'une autre voix murmurait :

– Pas de pitié pour les violeurs de gosses !

Celui-ci avait démoli, à coups de batte de base-ball, un type négligemment appuyé sur sa voiture, au parking. La victime achevait son existence en chaise roulante mais le criminel, grâce à moi, venait de découvrir un horizon plus élevé : il lui suffirait de purifier cette prison de quelques racailles dont je représentais l'image dégoûtante, avec mon air de quadragénaire bourgeois qui attire les petites filles aux toilettes. À la fin de la promenade, je marchais craintivement, en jetant des regards nerveux autour de moi. J'étais enfermé dans une cour de récréation, au milieu de gosses cruels qui ne me laisseraient aucune chance. Les gardiens n'avaient pas bronché. Était-ce par lassitude, dans l'impossibilité d'intervenir à la moindre anicroche ? S'agissait-il d'une complicité secrète avec les autres prisonniers dont ils partageaient les valeurs et cette hiérarchie qui me renvoyait tout en bas de l'échelle ?

De retour en cellule, je me suis appuyé contre le mur, les yeux humides. J'avais beau me répéter qu'il s'agissait d'une détention provisoire et que le cauchemar allait finir, je commençais à comprendre qu'on ne me laisserait aucune chance. Des semaines allaient s'écouler, des mois peut-être, avant la fin de l'instruction et la démonstration de mon innocence. Mon seul espoir se résumait dans la détermination de Latifa qui déployait son énergie pour me faire sortir ; mais je n'avais pas le droit de la voir tous les jours et il fallait tenir dans ces conditions abominables… Évidemment, j'aurais pu tomber plus mal encore, être enfermé avec une brute qui m'aurait martyrisé. Sans doute les responsables du centre de détention préféraient-ils éviter des situations dangereuses qui risquaient de leur compliquer la vie ; ils me faisaient donc partager cette cellule avec un autre criminel contre l'enfance qui, pour sa part, avait avoué tous ses méfaits.

Tandis que je pleurnichais près du mur, Paolo, assis sur son lit, parcourait une revue de faits-divers dans laquelle une demi-colonne marquait l'apothéose de sa carrière sociale. La quarantaine lui aussi, le crâne déjà chauve, les yeux vaseux derrière ses lunettes dont l'un des deux gros verres avait été cassé par un détenu. Il s'exprimait d'une voix timide et restait seul la plupart du temps (la dernière fois qu'il s'était rendu en récréation, il était revenu avec une dent brisée). Dès l'âge de quinze ans, Paolo avait éprouvé une irrésistible attirance pour les garçonnets auxquels il adorait montrer son sexe. Peut-être, dans un village d'autrefois, aurait-on mieux toléré cette pauvre perversion… Toujours est-il que, dans un souci de prévention, après avoir été emprisonné une première fois, Paolo était entré dans le cycle sans fin des traitements médicamenteux, des libérations sous contrôle, des internements psychiatriques qui ne l'avaient pas empêché de réitérer ses tentatives.

Deux mois plus tôt, il s'était déshabillé devant un petit Vietnamien de sept ans et demi, avant de le laisser partir en lui faisant jurer de ne rien dire. Paolo m'avait raconté cette histoire en détail et j'avais du mal à comprendre l'excitation que lui procurait ce regard enfantin sur ses parties génitales ; je trouvais pathétique l'attirance irrésistible qu'il éprouvait pour ces êtres à peine formés qui avaient littéralement brisé sa vie. Mais, malgré ma compassion, je n'admettais pas de me trouver rangé dans la même case que lui, comme si ma culpabilité était avérée. Ce rapprochement faisait d'ailleurs le jeu des autres prisonniers qui nous regardaient comme un duo et lançaient parfois, dans le couloir, des cris à notre intention, recourant au registre de la féminisation narquoise («Alors, vous baisez bien ensemble, les deux salopes?»), quand ils ne pratiquaient pas l'appel à la justice du peuple («Attention, deux pointeurs de gosses sont enfermés à la 145»).

Au matin du second jour, je décidai de me rendre à la douche. Paolo refusait d'y aller par peur des coups; il empestait le renfermé, malgré ses ablutions dans le lavabo de la cellule. Quant à moi, je conservais le sens de l'hygiène et une certaine confiance dans le rôle des gardiens chargés d'assurer ma protection. Je me mis donc en chemin, sans imaginer précisément ce qui m'attendait. Un peu gêné au moment de me dévêtir, j'avançai timidement dans le nuage d'eau chaude où l'information semblait déjà passée. Je remarquai aussitôt les regards cruels, puis divers qualificatifs tombant comme des crachats, tandis que j'approchais du groupe : «C'est le pointeur. Vraiment, ça me fait gerber...»

Les insultes dressaient entre nous une barrière de honte et je me retrouvai bientôt seul, à l'extrémité de la salle de douches, sous l'une des pommes qui m'inondait tandis que les autres prisonniers se lavaient à l'écart. Le gardien passait la tête de temps à autre. Soudain, dans le crépitement de l'eau sur le carrelage, je distinguai une nouvelle série de tirades, plus douces, qui m'étaient visiblement adressées :

– Il a de belles fesses, le nouveau.

– Presque des fesses d'enfants.

– Pas étonnant, tu connais ses goûts !

Mon cœur battait plus fort. Je m'efforçais de garder l'air indifférent et de me savonner, mais ils me regardaient tous à présent. Leur ton avait quelque chose de brutal et d'excité.

– Tourne-toi un peu, le pointeur, que je voie ton petit trou !

– Par là, chéri, je veux profiter de tes fesses, moi aussi…

Complètement angoissé, je ne parvenais plus à bouger. Pour regagner la sortie, il m'aurait fallu passer devant eux et, maintenant, le gardien avait disparu. Une main entre les jambes les détenus proféraient leurs menaces à mi-voix, pour ne pas déclencher l'alerte :

– Tu aimerais qu'on te fasse ce que tu fais aux gamines ?

À ce moment critique, une voix puissante s'éleva et recouvrit les autres avec la force d'un coup de tonnerre :

– Laissez ce mec tranquille. Le prochain qui le cherche aura affaire à moi !

Qui osait parler ainsi ? Quel Dieu volait à mon secours ? Le gardien n'était pas revenu mais, du fond de la salle de douches, une forme humaine s'était mise en mouvement dans ma direction, tandis que les autres s'écartaient pour lui céder la place... Une bête humaine plutôt : cent cinquante kilos de chair et de graisse, le corps recouvert de poils et de bulles de savon, l'homme avançait lentement dans la vapeur d'eau brûlante. Quelques têtes s'étaient retournées, pleines d'incompréhension :

– Mais enfin, Lulu ! C'est un crime contre l'enfance !

– Qu'est ce que vous en savez ? Touchez un seul de ses cheveux et je me charge de vous !

Il arrive, dans l'existence, qu'au moment de solitude le plus désespérant se manifeste un geste de solidarité, une attitude qui brise la lâcheté ambiante et devant laquelle les rats finissent par s'enfuir. À cet instant, la horde qui m'encerclait se brisa ; chacun baissa la tête et reprit sa toilette tandis qu'avançait la masse énorme de cette montagne de chair, le visage rond d'un bouddha, les bras d'un sumo, les jambes légèrement arquées sur le carrelage. Ses poils enchevêtrés, rendus luisants par la mousse, formaient sur tout le corps une végétation dense et un sexe minuscule émergeait au milieu de cette forêt. Avec le calme d'un justicier, il faisait peser le poids de son corps sur une jambe puis sur l'autre. Les détenus conservaient la tête inclinée sans oser plus rien dire. Quand il fut tout près de moi, je fixai mon regard sur ce protecteur inattendu, avec un mélange de gratitude et de confiance. Alors seulement son gros visage d'enfant esquissa un sourire, puis Lulu déplia son énorme bras, avança sa main velue et boudinée qu'il posa sur ma hanche en déclarant aux autres :

– C'est mon pote, et je vous conseille pas de l'emmerder.

Pour une personne dans ma situation, s'appuyer sur une personnalité forte, incontestée dans la communauté, constitue une garantie d'intégrité physique et mentale. On retrouve la même loi dans la plupart des carrières politiques ou administratives qui exigent de rencontrer le bon protecteur au bon moment… Sauf qu'ici, contrairement à la politique ou à l'administration, ne pas trouver le bon protecteur m'aurait exposé à des conséquences vraiment douloureuses. Sans l'intervention de Lulu, j'aurais perdu une partie de ma dentition, puis adopté le comportement de soumission et de repli sur soi symptomatique des êtres maltraités. Lulu m'a épargné tout cela. Dès notre rencontre à la douche, il m'a regardé comme un être estimable et fragile. Malgré sa lourdeur et son langage frustre, il s'adresse à moi avec douceur et je suis devenu son confident. À chaque récréation, il attend que je le rejoigne à l'écart. Assis sur les marches, il me raconte ses exploits, le rôle de « gros bras » qu'il jouait dans les boîtes de nuit avant de tuer un Jaune (il n'aime pas les Jaunes). Il me raconte tout cela comme un conte de fées ; de temps à autre, une phrase éclaire son amitié pour moi :

– Maintenant, même les Blancs intelligents et respectables comme toi, on les met en prison C'est une chose que j'accepte pas…

Il agrémente parfois son analyse d'un développement supplémentaire :

– Tout ce qui t'arrive, c'est la faute des pouffiasses ; on aurait jamais dû laisser le pouvoir aux pouffiasses.

Songeant à la mère d'Amandine, je suis bien obligé de considérer que Lulu n'a pas complètement tort. Pour le reste, mon sens moral se révolte à entendre proférer ces insanités racistes et sexistes sans réagir. Mais je n'ai pas le choix. Lulu est fort, Lulu fait peur à tout le monde. Même lorsqu'il n'est pas à côté de moi, les autres se contentent désormais d'un sourire moqueur dont je comprends le sens car, pour eux, je suis devenu *la femme à Lulu*. C'est dans ces conditions sociales, matérielles et psychologiques précaires que j'attends, jour après jour, des nouvelles de mon avocate et surtout de Latifa qui, dehors, continue à s'agiter pour me sauver.

8

Le vice-président, chargé de la communication, s'avança lui-même sous la marquise, jusqu'à la portière de la limousine. Quoique préparé à cette rencontre, il fut impressionné par l'extraordinaire décontraction de son invité, cette nonchalance de l'ancien condamné qui lui tendait la main en souriant. Après avoir levé les yeux vers le building de la Compagnie générale de tabacs, le grand noir remarqua en hochant la tête :

– C'est trop cool!

Désiré avait troqué sa tenue orange de détenu contre un jogging Gucci et une paire de Nike à triples semelles. La chaîne en or autour de son cou pouvait rappeler qu'il s'agissait d'un ancien voyou mais, à ce détail près, tout son comportement semblait calme et détaché. Il hochait lentement la tête en souriant, sans dire un mot; et le vice-président songeait avec admiration que cette candeur cachait une mécanique intellectuelle et stratégique de premier ordre, comme l'avait prouvé l'affaire de la cigarette. C'est ainsi que les médias analysaient le comportement de l'ancien condamné à mort, devenu en quelques semaines l'un des hommes les plus populaires du pays, chef de file du combat contre la peine capitale, pour le droit des fumeurs, pour l'enfance et pour les fleurs; bref, champion de la vie et des diverses causes qu'il avait incarnées au moment d'accomplir sa dernière volonté. Bien que toujours inculpé jusqu'à la révision du procès, plus personne ne voulait voir cet homme comme un assassin. Le vice-président lui-même croyait de plus en plus fermement à l'intérêt, pour la compagnie, de soutenir financièrement la contre-enquête et la contre-attaque judiciaire.

Il eut alors le désagrément de voir sortir par l'autre portière maître Pataki. La bouille chiffonnée et pâle, l'avocate fit le tour du véhicule et vint se coller à son client comme un garde du corps. Depuis la libération conditionnelle de Désiré Johnson, elle ne le quittait plus d'un pas.

Il s'agissait moins, pour la jeune femme, de préparer la contre-offensive pénale que de garder sous sa coupe un prévenu qui représentait la quasi-totalité de ses revenus. Pour échapper aux manœuvres de la Générale de tabacs, elle devait conserver avec lui une relation privilégiée. Chacun devait le comprendre : inutile de s'adresser à Désiré sans passer par elle. Pour cela, elle bénéficiait de la mollesse du Rasta qui ne forçait jamais rien et se contentait de quelques gestes symboliques – comme ce « V » de victoire adressé aux caméras de télévision rassemblées sur son passage. Voyant cette femme toujours fourrée dans ses pas (elle dormait quasiment dans le salon de son hôtel, une chambre au Four Seasons payée par la Générale de tabacs), Désiré avait fini par accepter cette présence comme naturelle… sauf que l'avocate Maren Pataki voyait son rôle glisser peu à peu vers celui d'attachée de presse, de secrétaire particulière, de gouvernante et de tout un tas d'autres emplois qu'elle acceptait de bonne grâce, pour ne pas perdre sa poule aux œufs d'or.

Tandis que l'ascenseur s'élevait vers le quatorzième étage, Désiré regarda le vice-président avec un grand sourire, puis répéta :

– C'est trop cool, chez vous !

– Merci, je crois que nous sommes… assez bien, effectivement. Ce building a été construit en 1927.

– Vous savez pas où je pourrais trouver un peu d'herbe ?

Surpris, le haut responsable bafouilla en ricanant :

– Excusez-moi, mais je crois que ça ne fait pas encore partie de notre diversification…

Johnson le scrutait de ce sourire impassible qui aurait paru idiot s'il n'avait dissimulé un génie aujourd'hui reconnu par tous. Maren prit l'air amusé d'une femme qui connaît les ressorts de la psychologie :

– Ne faites pas attention ! C'est un gamin. Il me rappelle mon fils qui vient d'avoir douze ans. Vous croyez qu'il provoque, mais il s'amuse !

Ils entrèrent dans la salle de réunion où Maren avait été reçue la première fois. S'approchant des verrières, Désiré contempla un instant la ville à ses pieds, puis ils s'assirent dans le coin salon et commencèrent à parler de cette nouvelle vie, de ce futur procès. Le vice-président se racla la gorge avant de se lancer :

– Nous avons mis au point tout un plan médias pour raconter votre sortie de prison. Vous ferez les plus grands magazines télé. Peut-être vous faudrait-il rencontrer nos attachées de presse...

Avant que Désiré ne réponde, Maren Pataki indiquait la marche à suivre :

– Communiquez-moi le programme détaillé, je m'occupe de tout...

Le directeur regarda Johnson d'un air interrogatif. Le prévenu confirma dans un sourire béat :

– C'est bon, elle s'en occupe.

Fouillant dans sa poche, l'ancien condamné à mort sortit un paquet de cigarettes. Il s'apprêtait à en allumer une quand son regard croisa celui du cadre supérieur qui expliqua timidement :

– Excusez-moi, c'est un local non fumeurs.

En prononçant ces mots, il ne faisait que rappeler le règlement. Soudain, il s'interrompit, gêné : à peu de chose près, il venait de répéter la scène de l'exécution manquée! Au moment d'accueillir son invité, cette remarque pouvait paraître de très mauvais goût. Loin de s'énerver, Johnson recouvra son air ahuri :

– Pas le droit de fumer ici, chez un fabriquant de cigarettes!

– Excusez-moi, monsieur, c'est la législation du travail. Dans les bâtiments professionnels, il est interdit de fumer; nos salariés sont aussi vigilants que les autres sur ce point. Et je dois vous avouer que, personnellement, je suis… incommodé par le tabac (il avait prononcé ces mots en toussotant). Mais nous avons des espaces réservés : à l'autre bout de la salle, derrière la porte vitrée, si vous voulez bien.

Toujours conciliant, Désiré Johnson gagna la zone fumeurs en balançant mollement les épaules. Le vice-président profita de son absence pour sonder l'avocate :

– Vous ne croyez pas que… dans la perspective de ce nouveau procès, il serait bon que vous soyez entourée d'une équipe d'experts ?

Maren s'attendait à cette question, préludant à son éviction programmée ! Elle observa toutefois que son interlocuteur prenait des gants, du fait de l'ascendant qu'elle exerçait sur son client. Il fallait rester ferme :

– Vraiment, je vous remercie pour votre sollicitude ; mais Désiré tient à ce que je garde les choses en main. Alors je vais continuer à mener la bataille, comme je l'ai menée avec un certain succès, non ? Et toujours avec votre soutien financier, j'espère !

Le manager semblait perplexe :

– Tout de même, vous auriez tout à gagner…

– Je suis une indépendante, j'aime l'enquête, j'aime le terrain.

L'homme eut un geste de compréhension. Puis son front se plissa de nouveau et il demanda :

– Ça ne doit pas être facile de mener vos autres affaires, sans secrétariat, avec un cas aussi important que celui de Désiré ? Votre clientèle risque d'en pâtir.

Maren voulut montrer qu'elle maîtrisait la situation :

– C'est pourquoi je n'accepte que de petits dossiers sans importance... À propos, vous avez reçu mon mail sur ce pauvre type accusé de crime contre l'enfance après avoir fumé une cigarette dans les toilettes de la Cité administrative ?

– Franchement, ce n'est pas pour nous. Quoi qu'il ait fait, ou pas, on ne touche pas au crime contre l'enfance, c'est trop dégoûtant.

Désiré qui revenait du salon fumeurs approuva d'une voix assurée, comme un homme qui connaît la vérité :

– On touche pas aux enfants, vous avez raison ! On touche pas à la vie !

Le directeur de la communication se retourna en souriant. Cette dernière phrase lui plaisait. Il retrouvait le grand Désiré, celui qu'il avait admiré à la télévision, celui qui avait suscité un formidable élan populaire, le Désiré maître de sagesse. Enthousiaste, le col blanc passa au sujet suivant :

– Dites-moi, cher… ami, en dehors du plan médias et du nouveau procès, y a-t-il un combat, aujourd'hui, pour lequel vous aimeriez que nous nous mobilisions ?

Johnson s'était affalé sur son siège, avec l'assurance un peu vulgaire des truands. Il demanda poliment :

– Je pourrais avoir un petit verre ? Un whisky ou quelque chose ?

– Bien entendu, je téléphone tout de suite…

Sitôt la boisson commandée, le grand Rasta parut se concentrer un instant; puis il tourna vers le directeur de la communication un visage soudain grave :

– Aujourd'hui, je vois un seul combat important; et franchement ce n'est pas le mien. C'est celui des otages de la *Martyre Academy*…

– Évidemment ! approuvèrent ses deux interlocuteurs.

Le vice-président hochait la tête, comme s'il n'y avait aucune discussion possible. Il demanda encore :

– Mais… vous pensez pouvoir faire quelque chose pour ces malheureux ?

– Je ne sais pas, mais ce que je sais, c'est qu'il faut se battre. Ce que je sais, c'est que le 5 mai a marqué un tournant et qu'on ne peut pas rester les bras croisés…

– Il a raison, s'empressa de répéter l'avocate. On ne peut plus penser pareil depuis le 5 mai.

*

La lecture des journaux parus ce mercredi 5 mai pourrait laisser croire qu'il s'agissait d'un jour morne, un de ces jours où le monde s'endort, où l'actualité tourne au ralenti. Pour maintenir l'attention des lecteurs, plusieurs titres rappelaient en première page la prochaine libération conditionnelle de Désiré Johnson, obtenue par son comité de soutien; mais on sentait déjà que l'affaire retombait, tandis que la menace de mort s'éloignait. Rares furent les lecteurs qui remarquèrent, en pages intérieures, ce communiqué laconique diffusé par une agence de presse; quelques lignes destinées à occuper bientôt le cœur de l'actualité; quelques lignes qui, rétrospectivement, ont désigné ce mercredi 5 mai, comme un des jours où l'histoire se réveille et vous fait froid dans le dos :

Le groupe terroriste « Conscience de John Wayne » a revendiqué l'enlèvement de six otages au Proche-Orient. L'inquiétude grandissait depuis plusieurs jours après la disparition de coopérants civils et militaires, sur la route de Damas. Dans un courrier envoyé à la chaîne de télévision Allah n° 1, le commando – inconnu jusqu'à ce jour – a menacé de procéder à l'exécution des otages, s'il n'obtient pas le versement d'une rançon de 500 millions de dollars, destinée à financer le développement d'un « terrorisme de qualité ».

À première vue, la revendication ressemblait à une farce ; elle était aussi d'une triste banalité. Depuis deux ans, les groupes armés au service des causes les plus floues se multipliaient dans la région ; les voyous avaient pris la place des religieux pour exiger tout et n'importe quoi. L'affaire sembla d'ailleurs retomber, après que les gouvernements concernés eurent déclaré qu'il n'était pas question de céder au chantage. Elle trouva toute son ampleur le 10 mai au soir, quand la chaîne Allah n° 1 diffusa un nouvel enregistrement vidéo sur lequel on découvrait les six otages accroupis, complètement affolés. Autour d'eux, des hommes masqués brandissaient des pistolets et des sabres dont ils faisaient glisser les lames sur le cou des prisonniers. Coiffé d'un chapeau de cow-boy, le chef du commando s'avança pour lire sa déclaration, sur un ton sec et impitoyable :

« En réponse à l'humiliation que nous infligent trop de terroristes amateurs, trop d'assassins sans foi ni loi, nous affirmons que la prise d'otages est un art. Parce que nous croyons à notre métier, et parce que nous n'avons pas oublié John Wayne, je déclare officiellement ouverte la *Martyre Academy*. »

Il avait lancé ce mot un ton plus haut, tandis que ses acolytes dressaient victorieusement colts et sabres au-dessus des prisonniers, en criant :

« *Martyre Academy ! Martyre Academy !* »

Alors commença, dans un anglais à forte consonance arabe, la macabre explication du projet :

« Pendant six mois, sous l'œil vigilant de nos caméras, les six otages vont s'affronter dans un concours où ils devront chanter, danser, accomplir des épreuves. Ce programme sera diffusé sur Internet et le public du monde entier pourra voter pour le candidat de son choix. À la fin de chaque mois, le joueur qui aura obtenu le plus petit nombre de voix sera exécuté – à moins que les gouvernements impies n'entendent notre revendication. »

Il se tourna vers les quatre hommes et les deux femmes repliés par terre et conclut, sur le ton encourageant d'un directeur de stage :

« Mesdames et messieurs, à nous de vous prouver que le terrorisme est un savoir-faire ; à vous de démontrer que toute victime a une chance de survivre en sachant se battre. Préparez-vous, concentrez-vous, les épreuves commencent demain. Votre vie est entre vos mains. Et que le meilleur gagne ! »

On imagine le sentiment d'horreur qui se répandit dans les sociétés démocratiques. Les gouvernements unanimes exprimèrent leur indignation de voir la vie d'innocents réduite à ce jeu cynique. Après avoir signifié leur colère, ils annoncèrent que tout serait mis en œuvre pour éliminer le commando et mettre fin à ses activités, en sauvant la vie des otages. La fille de John Wayne prit la parole pour signifier son incompréhension devant un tel rapprochement entre la star du western et cette sordide mise en scène. Les présidents des principales sociétés de télévision surenchérirent et se déclarèrent choqués par la façon dont une bande de criminels détournait d'innocentes émissions de divertissement. Le directeur des programmes d'une chaîne de téléréalité parla de contrefaçon et même d'usurpation commerciale. En signe de résistance, les jeunes candidats de la *Star Académie* se regroupèrent autour de Britney, lauréate de l'année précédente, pour entonner, main dans la main, une chanson d'amour dédiée aux otages.

D'après les déclarations officielles, tout devait être fait pour empêcher la diffusion de *Martyre Academy* sur Internet. La difficulté d'un tel contrôle ne tarda pas à apparaître. De génération en génération, de système en contre-système, la toile mondiale était devenue totalement anarchique. La multiplication des échanges, des hébergeurs, des sites disséminés sur toute la planète faisait du Web un enchevêtrement infini. Il semblait impossible, même aux experts les plus pointus, de pister le circuit très volatil – et continuellement modifié – qui permettait au film des otages de circuler sur le réseau. Le premier épisode de *Martyre Academy* franchit donc la censure théorique sans aucune difficulté. D'abord murées dans leurs exigences morales, les principales chaînes de télévision ne résistèrent pas longtemps à l'attrait de l'audimat. Avec l'accord des pouvoirs publics, elles décidèrent de diffuser quelques scènes « dans un souci d'information » – tout en censurant les images les plus pénibles, accessibles aux seuls utilisateurs du web.

Pour la première épreuve de cette compétition morbide, les disciples de John Wayne avaient organisé un concours de karaoké. Chaque candidat devait choisir une chanson dans la liste fournie par les terroristes – constituée principalement de tubes américains. Il devait ensuite l'interpréter devant la caméra, micro en main. La scène, improvisée dans le lieu de détention, était sommairement délimitée par une toile de fond aux couleurs étoilées de la milice armée. Un projecteur éclairait la piste, tandis que les membres du commando, installés sur des chaises, pistolet en main, faisaient office de public. C'est dans ces conditions qu'apparut sur scène le premier otage-candidat : une infirmière coréenne en mission humanitaire. Elle ne connaissait presque aucune des chansons proposées, à l'exception du succès disco *I Will Survive* – morceau de circonstance qu'elle entonna courageusement, les yeux fermés, presque sans bouger. Son petit accent pointu d'Asiatique déformait les paroles, tandis qu'elle essayait de soutenir le refrain par quelques déhanchements rythmés. Au milieu de la chanson, la candidate fut saisie par une bouffée d'angoisse et s'effondra en larmes sous les sifflets des cow-boys, avant de laisser place au candidat suivant.

Malgré la modestie des moyens matériels, tout était fait pour recréer l'illusion d'un programme de télévision. Après chaque prestation, l'otage interviewé dans une lumière intime délivrait ses impressions. Les terroristes jouaient eux-mêmes le jeu ; on apercevait leur treillis et leur main gantée tendant le micro vers la victime qui bafouillait quelques mots apeurés.

Le second candidat, un journaliste allemand, montra davantage de conviction. Ayant chanté *Love Me Tender*, avec un joli vibrato, il lança un appel solennel aux téléspectateurs afin qu'ils votent pour lui, au nom du droit à l'information. Le participant le plus lamentable fut certainement ce chef de rayon canadien de cinquante-trois ans, divorcé, venu dans la poudrière du Proche-Orient où il espérait faire fortune en ouvrant des magasins d'alcool. D'abord arrêté par un groupe islamiste, il avait été troqué contre une Kalachnikov et récupéré par Conscience de John Wayne. Incapable du moindre effort pour chanter en rythme, peu conscient de la gravité de la situation, il s'inquiétait uniquement pour sa maison achetée à crédit et pour la santé de son chien. Dès la première semaine, deux candidats se détachèrent du lot : Kevin, dix-sept ans, parce qu'il était le plus jeune et prenait un plaisir innocent à entonner, comme une star, des tubes qu'il savait déjà par cœur; Françoise, une vieille chrétienne de soixante-cinq ans, parce qu'elle fredonnait «pour les enfants» des comptines qui tirèrent des larmes aux spectateurs du monde entier. Elle ajouta que, si quelqu'un devait mourir, elle devait être la première, du fait de son âge.

Après chaque diffusion d'un extrait de la *Martyre Academy*, le présentateur du journal invitait les téléspectateurs à ne pas prendre part au vote, pour ne pas cautionner l'odieux chantage des ravisseurs. D'innombrables voix, à la télévision, à la radio, dans les journaux, répétèrent qu'il serait ignoble de participer. La tension monta en fin de première semaine, quand la chaîne Allah n° 1 révéla les résultats de l'épreuve de karaoké. Le visage toujours masqué sous son chapeau de western, le chef du commando enlaçait de son bras gauche le sixième candidat, vainqueur de la compétition : un cuisinier koweïtien qui avait fredonné *Sex Machine* avec des grognements d'homme en rut. De l'autre côté, agenouillée sur le sol, tête baissée en signe de soumission, se tenait l'infirmière coréenne, perdante de cette première manche. Comme on le comprit au cours des analyses qui suivirent, le public occidental et asiatique avait suivi les consignes de ses gouvernements demandant de ne pas voter ; au contraire, les internautes des pays arabes s'étaient précipités sur leurs machines ; ils avaient élu le seul candidat de leur religion et condamné cette femme qui valait moins qu'un chameau.

Il n'en fallut pas davantage pour que l'opinion occidentale se réveille et que, dans chaque pays, un élan de solidarité nationale pousse à voter massivement pour son propre candidat, comme dans une compétition sportive. Chaque manche durait un mois et comportait quatre épreuves. Il restait encore trois semaines avant la première exécution. Pouvait-on accepter, au nom d'un principe, que le Koweïtien soit nécessairement le seul rescapé de cette tuerie programmée ? Le signal de la résistance fut donné par Désiré Johnson, au cours du magazine télévisé qui le recevait pour raconter sa sortie de prison. Sur le plateau, un groupe d'enfants venait d'offrir à l'ancien condamné à mort un bouquet de violettes, en référence aux fleurs qu'il avait cueillies avant de fumer sa dernière cigarette. Entouré par les gamins, il prit le micro et lança son appel en faveur des otages de la *Martyre Academy* :

« Tous les spectateurs savent que je respecte la vie. Grâce à leur soutien, j'ai pu sortir de prison. Mais aujourd'hui, d'autres vies sont en danger et nous devons les soutenir en votant. Votez pour qui vous voudrez, mais surtout votez. Même si les chances ne sont pas égales, chaque petite voix que vous enverrez – pour l'un ou pour l'autre – sera votre appel personnel en faveur de la vie. »

Ce message fut suivi d'une véritable libération des consciences. Dès la deuxième semaine, de nombreux citoyens commencèrent à suivre ouvertement, sur leurs ordinateurs, les épisodes de la *Martyre Academy*, en privilégiant tel ou tel candidat. Les élèves de la *Star Académie* prirent officiellement parti pour Kevin : « Il n'est pas meilleur que les autres, mais c'est le plus jeune et il a droit à cette vie ouverte devant lui. » Une association de retraités prit le contre-pied et lança sa propre pétition, réclamant qu'on sauve Françoise « parce qu'elle est la plus âgée, que son désintéressement a bouleversé le monde et que notre société ne peut se priver d'une pareille qualité humaine ».

La troisième semaine commença par un Quiz géant au cours duquel les six candidats devaient répondre à des questions culturelles. Les otages semblaient toujours aussi terrorisés devant la caméra ; mais, dans le monde libre, ils faisaient désormais figure de stars. Les médias brossaient leurs portraits ; les magazines *people* recueillaient sur chacun des confidences et des photos personnelles ; la *Martyre Academy* serait devenue le plus aimé des jeux publics si, au moment d'aborder la quatrième semaine, on n'avait su que, sauf miracle, l'un des candidats serait égorgé sous huitaine.

9

Depuis vingt bonnes minutes, le fourgon cellulaire patine dans l'embouteillage du boulevard de la Victoire. Assis entre deux agents, j'aperçois les passants derrière la vitre de sécurité. Ils rentrent du travail, attendent le feu rouge et semblent satisfaits d'habiter cette ville chargée d'histoire – quoique le présent exige certaines accommodations. Beaucoup d'entre eux plaquent des mouchoirs sur leurs visages ; d'autres ont opté pour les masques en vente sur les trottoirs, à un eurollar : comme des filtres à café qu'on s'attache autour de la bouche et du nez, au moyen d'un élastique. Dominant ce grouillement humain, une immense affiche recouvre la façade de la mairie pour annoncer l'événement auquel tous les citoyens vont pouvoir participer jusqu'à lundi :

« 5e WEEK-END DE L'AIR PUR »

Quand j'étais fonctionnaire, je me rappelle avoir réalisé une petite analyse, grâce aux chiffres confidentiels fournis par le centre de contrôle des nuisances. Il en ressortait curieusement que, durant les week-ends de l'air pur – quand l'équipe municipale arpente les quartiers pour célébrer « la ville qui respire » –, le degré d'ozone et de gaz carbonique se trouve multiplié par 1,5 en moyenne par rapport au reste de l'année (où ce taux dépasse déjà le maximum décent pour la santé). Pour marquer l'événement, notre premier magistrat a décidé, en effet, d'interdire à la circulation une dizaine de boulevards et de voies rapides, ce qui contraint les automobiles à s'accumuler partout ailleurs, dans des embouteillages monstres. On aurait pu interdire la circulation ; on s'est contenté de la « déconseiller ». Cette recommandation n'a donc aucune influence sur les intéressés, spécialement les banlieusards qui utilisent précisément leur auto... pour se rendre aux journées de l'air !

Organisées sur les chaussées libérées, une quantité d'animations s'efforcent de sensibiliser la population dans un esprit ludique. Je revois leur énumération dans un document technique préparatoire :

1°) Installation de parcs à vélos, à rollers et à trottinettes aux carrefours ;

2°) Accueil de la population dans des « cafés-oxygène », où le consommateur découvrira des documentaires sur l'air et sa composition ; il pourra également apprendre à lire et analyser les taux de pollution ;

3°) Toutes les heures, lancement par les enfants de ballons de baudruche multicolores gonflés à l'air pur.

Suivaient d'autres points que j'ai oubliés, jusqu'au meeting de clôture du dimanche soir, au cours duquel le maire prononce rituellement son grand discours sur *l'air et la vie*.

Pendant ce week-end, les fermetures de boulevards entraînent donc une formidable augmentation de la pollution ; mais les fêtes de l'air favorisent également une aggravation de la pollution atmosphérique *tout au long de l'année*, puisque les rencontres organisées pendant un week-end permettent à la municipalité et aux médias de négliger le sujet dès le lundi suivant. Après avoir marqué leur engagement face à la dégradation des conditions de vie sur la planète, ils peuvent revenir à d'autres préoccupations comme l'urgence de la reprise économique, les indicateurs positifs de la production automobile, les « bonnes nouvelles » venues d'Asie où la consommation progresse à des vitesses à deux chiffres. On pourrait objecter que la dégradation de l'environnement est aggravée par la reprise économique, la production de voitures et la croissance à deux chiffres des pays asiatiques ; mais la règle est de rester optimiste ; se réjouir d'un côté et s'inquiéter modérément de l'autre, avec mesure et sens des responsabilités.

À bien y réfléchir, c'est sans nostalgie que je reviens dans ce quartier. Tout ce que j'aimais dans cette ville, quand j'y suis venu la première fois, semble aujourd'hui disparu, remplacé par des magasins de marques : les crémiers, les poissonniers et les ateliers d'artisans, les bars de nuit et les restaurants du petit matin, les rues noires et les brocantes poussiéreuses, les cinémas de quartier… À la place, je ne vois quasiment plus que des boutiques de vêtements, des boutiques de vêtements, des boutiques de vêtements. La ville aligne fièrement les spécialités banales qu'on peut voir d'un bout à l'autre de la planète : les restaurants de nourriture rapide pour pauvres et moins pauvres (la nourriture rapide se déguise alors en cuisine de tradition) ; un rythme de vie entièrement réglé par les week-ends et les horaires de travail ; une fermeture générale des bistrots après minuit ; l'interdiction de fumer partout ; le droit des enfants qui grandit partout (devant l'école près de chez moi, à ce petit carrefour sans voitures, ils ont planté pas moins de huit feux rouges). Bref, le confort vigilant d'une ville de province plaqué sur cette cité qui se prenait pour l'une des reines du monde. J'aperçois cela de mon fourgon cellulaire et je me dis qu'au fond je ne perds pas grand-chose, qu'il va seulement falloir être courageux.

D'après ce que j'ai compris, les conditions de circulation, durant ce cinquième week-end de l'air pur, seront encore aggravées par la manifestation organisée, place de la République, en faveur de Kevin de la *Martyre Academy*. Les médias redoutent des accrochages avec le cortège des retraités qui veulent sauver la vie de Françoise, et le cortège des journalistes qui donnent priorité au reporter allemand... Les supporters de Kevin bénéficient cependant d'un allié de choix, Désiré Johnson qui marchera en tête des manifestants. D'après lui, il importe d'abord de « sauver la jeunesse qui est la vie future ». Depuis sa libération, il est devenu une sorte de prophète, placardé en photo sur les murs de la ville. Les deux gardiens, assis dans le fourgon, à ma droite et à ma gauche, comptent parmi ses supporters. Le plus jeune, un Indonésien au crâne rasé, expliquait tout à l'heure à sa collègue, une grande Chilienne qui mâche du chewing-gum :

– Vraiment, je me suis senti mieux quand il a écrit ces mots avec des fleurs : « Vive la vie. » Quelle force pour un type qui va mourir !

– Moi, je refuse de croire que Désiré ait tué un flic. Rien qu'à son sourire, on comprend qu'il respecte la vie… Pas comme toi mon salaud ! a répliqué la gardienne, en me tapant du coude avec un rire presque amical.

J'aurais pu me taire, mais j'ai pris la parole : façon de me préparer pour la séance qui allait suivre :

– Au moins, son affaire aura permis de réfléchir sur le droit à fumer, dans ce pays.

– C'est là que j'ai du mal à suivre ! a rétorqué l'Indonésien. Comment peut-il défendre à la fois le droit à la vie et le droit à la cigarette ?

– Le droit à la vie, ai-je répondu, c'est aussi le droit de goûter à des plaisirs dangereux. Mais il y a un point sur lequel je désapprouve Johnson…

– Ah oui ? On peut savoir ? a demandé la Chilienne avec cette familiarité qui rapproche parfois les gardiens des prisonniers.

– Oui, c'est quand il affirme qu'il vaut mieux tuer un homme de cinquante ans plutôt qu'un vieillard, une femme ou un enfant !

Aussitôt, le sourire s'est transformé en grimace :

– Ça ne m'étonne pas qu'un pervers comme toi préfère s'en prendre aux faibles et aux innocents !

– Non, c'est une question de rigueur. Pour moi, les enfants sont des êtres inachevés aux réactions très sommaires ; ils ne pensent qu'à manger, à pleurer, à dominer d'une façon presque mécanique. Quant aux vieillards, la mort leur est déjà familière et ils en attendent le repos. Ne parlons pas des femmes : elles ont conquis l'égalité et je ne vois pas au nom de quoi leur octroyer un quelconque privilège… Non, à mon sens, c'est bien l'homme adulte, l'homme de quarante ou de cinquante ans qui a le plus besoin de soutien, en raison de la façon dont tout le monde le méprise. Il aime encore la vie mais il sent la mort qui s'approche ; par ses facultés intellectuelles, il se croit au meilleur de lui-même, mais son patron songe déjà à s'en débarrasser ; partout, des êtres plus jeunes attendent de prendre sa place. Son ex-femme le regarde comme un gêneur, tout juste bon à payer la pension alimentaire. Ses propres enfants le trouvent complètement dépassé. Quant à sa secrétaire, elle guette le premier sourire de travers pour l'accuser de « harcèlement sexuel » et le faire payer... Dans sa vie, tout culmine et tout s'effondre. Je ne vois pas de symbole plus fragile de la condition humaine.

– C'est pour cela que vous préférez faire du mal aux enfants ?

– Je n'ai jamais cherché à leur faire du mal. Je les ignore. Rien chez eux ne m'attire. Ce sont des embryons, à peine confrontés à la richesse du langage, à la subtilité du jeu social, aux joies et aux souffrances de l'amour. Regardez les enfants malades qui meurent en consolant leurs parents, avec l'acceptation de ceux qui ne connaissent pas encore la vie. La mort n'est pour eux qu'un passage léger, presque inconsistant. Tandis que pour l'adulte en pleine force de l'âge, l'effroi devant l'abîme, l'intensité de la nostalgie sont infinis. De tout cela je déduis que, s'il fallait absolument faire ce genre de choix, il serait préférable, par humanité, de tuer un jeune enfant – et, mieux encore, un nourrisson – plutôt qu'un homme mûr.

Une fois encore, on aurait dit que je signais ma culpabilité. L'indifférence que j'exprimais pour les enfants semblait bizarrement se traduire – dans l'esprit fruste de mes gardiens – par une attirance irrésistible pour les fillettes ! La logique de mon cas semble impossible à faire entendre ; la sensibilité refusait d'admettre mon innocence, quand la raison en établissait la preuve.

Latifa a pu le constater, elle aussi, au cours de ce rendez-vous avec le maire qu'elle réclamait depuis des semaines. Chaque fois, le cabinet lui signifiait une fin de non-recevoir, témoignant d'une totale indifférence pour ce proche passé où l'équipe municipale appréciait mes conseils. De tout cela ne restait plus que le froid refus de parler à un *criminel contre l'enfance,* et même un ton de reproche dans la voix des secrétaires, comme si mon crime portait atteinte à l'image de la ville. Rien pourtant ne décourageait Latifa, pas même cette perquisition sordide pour laquelle j'étais revenu menotté à mon domicile ; Sarko s'agitant contre mes jambes comme un malheureux, tandis que les officiers de police retournaient la maison à la recherche de photos, de films ou de traces de mes forfaits. Ils n'ont rien trouvé, mais je suis retourné en prison.

Persuadée qu'un soutien haut placé pourrait me sauver, Latifa voulait absolument démontrer mon innocence au maire. Pour parvenir à ses fins, elle a fini par téléphoner sous son pseudonyme de journaliste et elle a proposé une « grande interview » pour un magazine féminin. Aussitôt, les portes se sont ouvertes. Trois jours plus tard, elle obtenait son rendez-vous avec l'ami des femmes, qui venait la chercher lui-même au salon et la priait de le suivre dans son bureau.

Sans se trahir, Latifa a sorti son calepin et commencé par des questions générales. L'œil joyeux, le ton confidentiel, une mèche de cheveux gris retombant artistiquement sur le front, le maire semblait heureux de s'épancher, de livrer quelques secrets de son itinéraire politique (l'honnêteté, la rigueur, l'absence d'intérêt pour l'argent, et surtout « une vraie curiosité pour les gens »). Au bout d'une quinzaine de minutes, dans ce climat d'amitié et de confiance, ma compagne a posé enfin la question qui lui brûlait les lèvres :

– Dites-moi, monsieur le maire, je voudrais revenir sur la fâcheuse affaire de ce « conseiller technique » récemment emprisonné...

Avant même qu'elle achève de poser sa question, mon ancien patron prenait un air grave, exprimant l'opinion obligée :

– C'est horrible, c'est dégueulasse ! Faire cela à une gamine, dans nos propres murs : je prends cette affaire comme un échec personnel. Savez-vous que, d'après la Brigade des mineurs, quatorze autres enfants pourraient avoir été victimes d'attouchements ? La ville a porté plainte, et je ferai tout pour que ce type n'échappe pas à sa punition.

– Quand je parlais de « fâcheuse affaire », je crois plutôt, monsieur le maire… qu'aucune preuve sérieuse n'existe contre l'accusé, dont la vie se trouve brisée par un crime qu'il nie formellement.

– Les criminels nient toujours ! Faut-il vous rappeler que ce type a fumé une cigarette à l'intérieur des locaux, au détriment de la santé des enfants ? Ça en dit long sur sa façon de penser !

– Mais comme preuve, c'est un peu mince !

Soudain, le maire a compris qu'elle défendait ma cause et le ton de la conversation a changé. Pour ne pas compromettre son interview au magazine féminin, il a pris soin de séparer les choses :

– Écoutez, madame, je ne sais pas pourquoi vous vous intéressez à ce type, mais je vais vous dire ce que j'en pense – étant entendu qu'à partir de maintenant, cette conversation reste entre nous, hors interview…

Comme elle me l'a expliqué au parloir, Latifa a senti de l'agressivité dans sa voix. Il a expliqué textuellement :

– Cet homme a travaillé ici pendant des années. Je le connais et je sais que c'est un pervers ! Je vais vous donner un exemple : quand je m'efforçais de purifier l'air de nos rues et de rendre la ville à ses habitants, monsieur fouinait et rassemblait des analyses douteuses tendant à prouver que l'atmosphère serait littéralement empoisonnée.

– C'était peut-être pour vous rendre service.

– C'est ça ! Moi, je préfère qu'on me rende service en soulignant les bons côtés de mon action ! Une chose encore : quand je me suis donné la peine de transformer la moitié de la Cité administrative en crèche ; quand j'ai fait ces travaux, quand j'ai démoli les appartements de fonction ; quand j'ai bâti des nouvelles salles, quand j'ai aménagé des espaces-nourrissons, des espaces-jeunesse (à entendre le maire, on aurait cru qu'il faisait tout lui-même, avec sa caisse à outils)... bref, quand j'ai accompli ces travaux pour le bien commun, ce monsieur – qui au demeurant n'est pas idiot ! – n'a rien trouvé de mieux que de rejoindre une minorité de fonctionnaires prétendument gênés dans leur travail par la présence des enfants. Vous avez bien entendu : DÉRANGÉS PAR DES ENFANTS... Quand on en arrive là, quelque chose ne tourne pas rond. On m'a d'ailleurs rapporté qu'il lui arrivait d'insulter les petits dans les couloirs. Alors j'ai commencé à considérer que cet individu était peut-être un ennemi et un danger au sein de ma propre équipe ; ce que je peux difficilement admettre !

– Et si je vous affirme qu'il est innocent !

À ces mots, il prit un air agacé et fit un geste de la main pour évacuer l'hypothèse :

– Madame, la parole d'un enfant est en jeu ! Et mon but est de rendre la parole aux enfants. Alors je vais vous faire une confidence : vous savez que je réunis chaque mois le conseil municipal des enfants, qui nous éclairent sur leurs désirs dans les transformations de cette ville...

Il avait repris le ton d'un homme politique :

– Eh bien, j'ai convoqué ce conseil pour une séance exceptionnelle qui permettra à nos jeunes citoyens d'évacuer le traumatisme lié à cette affaire. Car les enfants parlent entre eux et, parfois, les faits se déforment...

– Suggérez-vous qu'ils ne disent pas toujours la vérité ?

– Je n'ai pas envie de plaisanter, madame... Je vais donc réunir un « tribunal des enfants » qui se prononcera sur le cas de cet homme ; de façon purement symbolique, bien sûr. J'ai demandé à la Justice de nous accorder la présence de l'accusé pendant la séance afin que les victimes puissent mettre un visage sur le mal qui leur a été fait.

Latifa était ébranlée par la violence du procédé ; mais cet homme réputé humain et bienveillant se justifiait avec un sérieux quasi-scientifique :

– Une telle démarche est approuvée par la cellule d'aide psychologique mise en place après l'agression d'Amandine…

Il avait prononcé le nom d'Amandine comme s'il s'agissait de sa propre fille. Il n'y avait plus rien à ajouter.

*

À la sortie du fourgon, deux vigiles de la Cité administrative ont rejoint l'Indonésien et la Chilienne. Je patiente à présent sous leur surveillance, dans le vestibule situé à l'entrée de la salle du conseil. Un écran de télévision nous permet de suivre l'ouverture des débats. Juché la tribune de l'amphithéâtre, le maire a enfilé un polo fantaisie qui reprend le slogan de Désiré : « Vive la vie. » Assise près de lui, la présidente de séance est une fillette d'une dizaine d'années vêtue d'un tailleur strict, la bouche passée au rouge à lèvres. Dans les rangs des élus sont installés une centaine de gamins de quatre à quatorze ans. Sacs à dos et goûters sont posés sur les tablettes ; parfois, un enfant commence à brailler et sa mère descend de la tribune du public pour le calmer avant de rejoindre les grandes personnes qui n'ont pas le droit d'intervenir pendant l'assemblée. Quelques préadolescents portent des fringues sexy; surtout les filles en T-shirts moulants qui soulignent leur poitrine naissante et laissent voir leur petit ventre, mais passons… Nous sommes ici pour un attentat à la pudeur commis *sur* un enfant et non *par* un enfant, comme l'explique gravement le premier magistrat de la ville :

– Mes chers collègues (il a prononcé ces mots sans sourire), comme vous le savez, nous sommes réunis en séance exceptionnelle, après l'horrible agression commise par un fonctionnaire de la Cité administrative sur votre camarade Amandine. Je voudrais d'abord vous rassurer en soulignant avec force que le responsable *n'est plus employé de cette maison* et qu'il se trouve aujourd'hui derrière les barreaux…

Il a le regard fervent, le ton sérieux que je lui connaissais dans les réunions ; toujours au plus près de l'honnêteté pour examiner mon cas :

– Je suis pourtant conscient que cela ne suffit pas. Amandine ne vient plus à la garderie depuis plusieurs semaines ; je l'appelle régulièrement mais elle est encore choquée ; le chemin sera long, pour elle et pour sa famille, avant de reprendre une vie normale. En solidarité avec eux – et avec les quatorze enfants qui pourraient avoir été victimes d'attouchements –, il m'a paru nécessaire de rassembler ce conseil municipal des jeunes, transformé aujourd'hui en tribunal des enfants. J'ai voulu que vous puissiez vous exprimer sur cette affaire ; dire comment vous avez vécu ce traumatisme ; parler pour vous souvenir, parler pour comprendre et parler pour oublier. Au cours de cette séance, je suis très heureux d'avoir obtenu – grâce à mes relations avec le ministère de la Justice – la présence de l'inculpé. Vous pourrez lui dire en face le mal qu'il vous a fait. Quant à moi, je ne m'étendrai pas davantage : ce conseil est le vôtre, pas le mien. Je vais rejoindre les rangs du public au fond de la salle et je vous laisse la parole, madame la présidente, pour conduire cette séance.

Il se tourne avec chaleur vers la fillette qui commençait à sucer son pouce ; elle se redresse brusquement et retrouve une allure guindée :

– Merci, monsieur le maire, pour cette introduction.

La petite entreprend alors de lire méticuleusement le texte posé sous ses yeux, syllabe après syllabe, avec des hésitations enfantines :

– Comme nous l'avons décidé en com… mission préparatoire, je vais faire entrer l'homme que nous devons juger, avant de passer la parole au pro… cureur puis à l'avocat chargé d'assurer sa dé… défense – car le tribunal des enfants respecte les formes dé… démocratiques de la Justice.

Après cette dernière formule, elle s'écrie :

– Gardes, faites entrer l'accusé !

Les deux vigiles de l'Hôtel de ville me font signe de me lever ; ils poussent la porte de la salle du conseil et entrent avec moi sans me quitter d'un pas – au cas où je me précipiterais à nouveau sur une petite fille. Un peu étourdi, les menottes aux poignets, je jette un regard circulaire sur l'assemblée, semblable à n'importe quelle chambre politique avec ses gradins pour les élus et, tout en haut, la vaste loge des spectateurs… Sauf que les élus ont des têtes de mioches, des bouilles informes en train de mâcher des confiseries ; des bouches gloutonnes qui viennent de perdre leurs dents de lait ; des nez en trompette et des mains inachevées qui s'agitent sur leurs consoles pour prendre des notes – comme s'il s'agissait de vrais politiques au service de la nation. Quelques garçons portent des costumes gris, achetés pour l'occasion par leurs parents qui les destinent à des carrières administratives. Les plus grands ont les joues roses mais le crâne rasé et des anneaux à l'oreille. En avançant devant eux, je redoute une vague de sifflements, des jets de gommes et de crayons, mais ils conservent un silence solennel, une attitude adulte qui contraste avec leurs faciès puérils.

– J'appelle à la tribune le procureur Jonathan Leduc, lance la présidente.

Sort du rang un garçon blond d'une douzaine d'années dont le crâne – malgré son jeune âge – semble dégarni comme celui d'un haut fonctionnaire. Sa coupe très stricte lui donne cette tête d'œuf caractéristique des chefs de cabinet – renforcée par des lunettes rectangulaires un peu trop larges et par la cravate nouée autour de son cou. Après m'avoir rejoint près de la barre, l'enfant prend la parole comme un jeune as du barreau, et prononce son discours sans notes :

– Mes chers collègues, je me rappelle avoir vu, tout petit, un épisode de Mickey dans lequel Pluto, célibataire endurci, prétendait ne pas aimer les enfants... Au début de cette histoire, il râle continuellement et s'en prend à une bande de jeunes chiots qui, pourtant, ne demandent qu'à jouer avec lui. Et puis, renversement : les jeunes chiots finissent par l'ignorer; et voilà que Pluto commence à les épier, à les suivre avec une avidité curieuse et frustrée. Ce mélange d'attirance et de jalousie se calmera seulement lorsque Pluto rencontrera une chienne et deviendra père à son tour...

Jonathan Leduc avale sa salive avant de poursuivre :

– J'ai pensé plusieurs fois à cet épisode en découvrant la triste affaire Amandine – que je n'ai pas le privilège de connaître personnellement, puisqu'elle est bien plus petite que moi et se trouvait au jardin d'enfants quand j'étais déjà à la garderie des grands…

Des gestes d'orateur accompagnent ses paroles :

– Oui, j'ai pensé à Pluto en étudiant le cas de cet homme qui, lorsqu'on lui demande pourquoi il a agressé une fillette sans défense, répond par cette grossière dénégation : « C'est pas vrai. D'ailleurs je ne m'intéresse pas aux enfants ! »

Il ménage un silence avant de préciser sur le ton du bon sens :

– À l'évidence, il existe une certaine parenté entre ceux qui ne s'intéressent pas aux enfants, et ceux qui s'y intéressent trop ; entre ceux qui nous fuient et ceux que pousse vers nous une pulsion irrésistible, parfois contre-nature.

Une fois posé le cadre psychologique de l'affaire, l'accusateur passe aux preuves :

– Vous trouverez peut-être que j'exagère si j'affirme que l'accusé est guidé par une haine pathologique envers les enfants. Pour vous le prouver, je voudrais faire appel à un témoin que nous avons retrouvé – avec l'aide des services de la Cité administrative – grâce aux enregistrements vidéo conservés par la régie des transports. Je sais bien que la parole d'un adulte n'est pas toujours fiable ; mais il s'agit d'une vieille dame, d'une sorte de grand-mère (il prononce ce mot en souriant), à laquelle je vous demande de prêter attention.

La présidente de séance fait un signe et l'on voit se lever, au fond de la salle, une femme de soixante-cinq ans qui descend vers la barre. Je ne l'identifie pas sur le champ mais, quand elle commence à témoigner, je reconnais sa voix rauque et je revois cette dame en compagnie d'une autre, au fond de l'autobus – un jour que je rentrais du travail, particulièrement nerveux. Tournée vers le public, elle déclare :

– Aussi étonnant que cela puisse paraître, alors que les enfants étaient assis bien tranquillement dans le bus, ce monsieur s'est écrié : « Regardez-moi ces petits malotrus... » Ou quelque chose comme ça. Alors que personne ne demandait rien, on aurait dit qu'il voulait obliger les enfants à se lever ! Comme s'ils n'étaient pas fatigués, les anges, après une journée au centre aéré...

Je m'exclame :

– Quand j'étais petit, chère madame, les enfants se levaient pour laisser la place aux grandes personnes !

– Accusé, vous n'avez pas la parole, coupe sèchement la présidente.

De son côté, le procureur Leduc ajoute un trait d'ironie destiné à l'assemblée :

– J'ignore de quelle époque l'accusé nous parle. Mais vous avez devant vous l'exemple des ravages accomplis par le genre d'éducation qu'on pratiquait, *à cette fameuse époque* !

Une salve d'applaudissement monte de l'assemblée. La présidente réclame le silence avant de rendre la parole à Jonathan Leduc. Celui-ci, d'ailleurs, ne tarde pas à conclure, en tenant ses lunettes du bout des doigts avant de les reposer sur son nez :

– Nous ne souhaitons pas nous immiscer dans la procédure judiciaire. Comme vous le savez, ce tribunal est purement consultatif et la justice des adultes est seule comptable des méfaits de l'accusé... Je suis toutefois persuadé que cet homme présente un vrai danger. Pour guérir de leur souffrance, Amandine et sa famille (sans parler des quatorze victimes présumées) ont besoin qu'il subisse un juste châtiment. Mais parce que je suis un enfant et que j'ai foi dans la vie, je voudrais dire aussi que nul adulte n'est définitivement perdu. C'est pourquoi j'émets le vœu que le tribunal envisage un traitement approprié qui aide l'accusé à sortir de ses cauchemars...

– C'est vous, mon seul cauchemar, espèce de morveux!

Je n'ai pas pu me retenir, ce qui permet au procureur de conclure avec un demi-sourire :

– Je vous l'avais bien dit...

Une salve de rires étouffés parcourt l'assemblée tandis que la présidente retire à nouveau le pouce de ses lèvres rouges et annonce l'intervention de la défense. Une fillette de onze ans descend vers la barre, en corsage et jupe bleu marine. Deux longues tresses tombent sur ses épaules; elle a l'air d'une sainte Nitouche et prend la parole d'une voix douce :

– Dans cet intéressant dessin animé évoqué tout à l'heure par maître Leduc, je retiendrais plutôt un autre aspect : ce moment où Pluto trouve enfin la sérénité après avoir fondé une famille. Je crois, en effet, qu'il serait déraisonnable de traiter le cas du prévenu sans prendre en compte la douleur de ne pas être père, l'absence de contact avec les plus petits qui finit par se traduire par une espèce d'aversion. Sur ce point, d'autres témoignages méritent d'être entendus.

Cette petite bonne sœur n'a aucune intention de contester ma culpabilité; elle cherche seulement à me faire passer pour un ami potentiel de l'enfance, un papa déçu de n'être pas papa. Je n'aurais pu imaginer, toutefois, les ignobles méthodes auxquelles ce tribunal est prêt à recourir pour me faire rendre gorge. Car à l'appui de sa théorie, l'avocate annonce :

– La personne qui va venir à la barre connaît l'accusé mieux que quiconque ; elle sait le cœur de père qui se cache sous le cœur de pierre…

Un sanglot monte dans ma gorge en voyant se dresser, au fond de la salle, la belle silhouette élancée de Latifa, les traits ravagés par la fatigue et par la souffrance. Tandis qu'elle me regarde de ses grands yeux tristes, vidés de leur habituelle énergie, je comprends le chantage auquel on l'a soumise : « Soit vous témoignez, vous jouez le jeu du tribunal, vous nous éclairez sur le problème de cet homme avec les enfants, et nous plaiderons les circonstances atténuantes ; soit vous refusez et nous ne répondrons plus de rien. » Oubliant nos rêves de bonheur, hors des contraintes de notre époque, Latifa est venue témoigner devant cette cour parce qu'il s'agit de la dernière chance. Apparemment très lasse, elle pose une main sur la barre et commence à répondre :

– Depuis combien de temps vivez-vous avec cet homme ?

– Dix ans.

– Vous étiez heureux ensemble ?

– Parfaitement heureux. Nous vivions comme deux amoureux, cultivant le goût du plaisir.

– Il n'y a pas quelque chose d'un peu égoïste, là-dedans ?

– Peut-être, mais nous étions heureux ainsi.

– Et vous n'avez jamais songé à faire partager ce bonheur à des enfants ?

Latifa laisse un silence avant de me regarder avec désespoir, comme si elle nous trahissait l'un et l'autre :

– C'est vrai, j'y ai pensé parfois ; mais, de toute façon, lui ne voulait pas !

Un murmure est passé dans l'assistance. La jeune avocate se retourne pour souligner cette révélation essentielle :

– Je crois que la cour commence à comprendre que, derrière toute cette affaire, il y a le drame d'un couple…

Elle interroge de nouveau Latifa :

– Et, comment dire… vous n'avez jamais remarqué, chez votre compagnon, de comportement suspect avec les enfants, petites filles, petits garçons ?

Ma compagne pousse presque un cri :

– Non, jamais, je le jure ! Je suis sûre que toute cette histoire est un mensonge !

D'autres cris s'élèvent dans la salle. Plusieurs parents se sont dressés et hurlent :

– C'est lamentable d'affirmer des choses pareilles ! Nos enfants nous ont parlé ! Espèce de salope !

Je profite du brouhaha pour demander à Latifa :

– Pourquoi es-tu venue dans ce piège ?

– C'est tout ce que je pouvais faire, mon chéri. Maître Pataki me l'a assuré. Pardonne-moi.

La présidente tape avec son marteau :

– Un peu de silence, s'il vous plaît…

Latifa me glisse dans un sanglot :

– Je suis épuisée, je n'en peux plus. Tu dois me comprendre, mais je vais m'éloigner un peu. J'espère que tout se passera bien pour toi.

L'avocate a repris la parole :

– Une dernière question, madame : souhaitez-vous toujours avoir un enfant ?

– Oui, je crois, répondit Latifa.

– Et souhaitez vous avoir un enfant… avec l'accusé ?

Ma jolie compagne laisse un nouveau silence avant de soupirer, en baissant les yeux :

– Je crois que ce n'est plus possible.

Elle regagne la sortie de la salle du conseil sans se retourner. Le cœur brisé, je reste comme un homme mort, abandonné de tous, tandis que la jeune plaideuse en vient à sa conclusion :

– Évidemment, la culpabilité semble difficile à contester, mais j'aimerais invoquer les circonstances atténuantes, rappeler que cet homme a été – semble-t-il – un bon compagnon. Je pense que des experts devraient se pencher sur son cas et mettre au jour ce mécanisme faussé qui l'a empêché de devenir père et qui l'a conduit à ce comportement dément avec Amandine et une quinzaine d'enfants.

– Connasse !

Le silence est tombé. Je me suis exprimé d'une voix modérée, mais assez nette pour être entendu de toute la salle. Alors, comme pour confirmer ce que je viens de dire, je rassemble mes forces, évacue ma tristesse et me tourne vers la présidente en demandant très calmement :

– Madame la présidente, j'aimerais que cette connasse se taise et qu'on me donne la parole, comme j'y ai droit, paraît-il, au cours de la séance.

La fillette à la tribune fait une moue d'enfant fâchée. Elle cherche visiblement ses mots avant de répondre, puérile :

– Z'êtes pas obligé d'insulter ma copine !

Puis elle reprend d'une voix solennelle, quoique hésitante :

– Mais notre tribunal est démo… cratique et vous avez droit à la parole pour quelques minutes.

– Merci, madame la présidente. Je ne serai d'ailleurs pas long.

Je me tourne vers l'assistance sans me départir d'un ton aussi courtois et mesuré que possible :

– Tout ce que j'ai à vous dire, bande de ridicules marmots…

À ces mots, des sifflements fusent, tandis que la jeune présidente frappe des coups de marteau :

– Un peu de silence, s'il vous plaît.

Je reprends, décidé à aller jusqu'au bout :

– Tout ce que j'ai à vous dire, tas de petits morveux, monceau de larves destinées à ne devenir presque rien; tout ce que je prétends vous expliquer, bande de sales gosses gavés de télévision, perméables à toutes les stupidités qu'on injecte dans vos oreilles, avec le concours de parents complices…

D'autres sifflements s'élèvent, cette fois des rangs de l'assistance adulte :

– Tout ce que je voudrais vous faire comprendre, tronches d'avortons qui feriez mieux de plancher sur les bancs de l'école, d'attendre qu'on vous donne la parole, de lever le doigt pour demander la permission, d'être punis pour votre ignoble crasse et récompensés pour vos rares bonnes actions…

Le silence est retombé. Curieusement, quelques sourires commencent à illuminer les visages enfantins. Ce déluge d'invectives les impressionne, mais comme un numéro de cirque d'une autre époque. Ils m'écoutent à présent, béats, idiots, ravis que je continue ce furieux discours :

– Tout ce que j'ai à vous dire, c'est que jamais je n'aurais pu toucher cette petite idiote d'Amandine, et pas davantage aux quatorze autres ; parce que je ne connais rien de moins intéressant qu'un enfant. Vous n'êtes pas encore pour moi des êtres humains, mais plutôt de petits animaux auxquels je ne ferais aucun mal – pourvu qu'ils restent dans leur enclos et ne dérangent ma vie d'adulte, infiniment plus difficile, plus riche, plus problématique que la vôtre et, même lorsqu'elle est ratée, infiniment plus belle et tragique que vos mimiques de nourrissons. Pour moi, vous n'existez pas, les quatorze mioches n'existent pas, Amandine n'existe pas. Bref, je n'ai que foutre de cette petite conne, et jamais je ne pourrais imaginer de mettre mon foutre dans son petit con.

Après le départ de Latifa, plus aucune convenance ne me retient. Je désire seulement informer ces créatures de leur objective nullité ; et l'enfance me considère maintenant comme une bête vraiment curieuse. Au premier rang, un obèse d'une dizaine d'années garde la bouche entrouverte et bave légèrement. Il paraît tellement stupide que – je le comprends à cet instant – ce n'est même pas la peine de lui expliquer quoi que ce soit. Il me regarde comme l'une de ces innombrables attractions qu'on met à sa disposition depuis le premier âge. Et comme cette idée m'apparaît de plus en plus clairement, je m'interromps soudain dans mon élan, songeant à l'absurdité de cette situation pour rappeler en soupirant :

– Tout ce que j'ai fait, c'est fumer une cigarette.

Le silence se prolonge. Mon avocate, qui semble vouloir à tout prix m'enfoncer, observe :

– Tout de même. Ce n'est pas beaucoup respecter la santé des enfants !

– Mais pourquoi voulez-vous que je respecte les enfants ? C'est à eux de me respecter !

À ces mots, un grand rire frais s'élève et parcourt la salle, bien que j'aie cru parler avec une espèce de bon sens. Déjà le jeune procureur revient à la barre pour conclure :

– Monsieur, passons sur la question de votre culpabilité qui concerne la justice des adultes. Passons même sur la cigarette : vous pouvez bien être le plus dépravé des hommes, cela ne devrait pas vous empêcher – me semble-t-il – de montrer quelques sentiments humains. Et vous pouvez encore atténuer votre culpabilité en déclarant, une fois au moins, votre respect pour l'enfance, votre soutien à la vie naissante. Pourquoi ne pas vous inspirer de l'attitude magnifique de Désiré, que tout le monde prenait pour un criminel et qui a su dire ces mots : « Vive la vie » ? Par ce geste, il a mérité sa liberté. Qu'allez vous faire pour mériter la vôtre ?

Là est la question. Je pourrais expliquer sur quoi repose mon désaccord avec Johnson : ce culte de l'innocence qui constitue, à mes yeux, une erreur d'analyse. Mais par de semblables théories, je ne ferais que m'enfoncer davantage et je comprends que je n'ai plus rien d'autre à faire que me taire. Tournant la tête vers la présidente qui me regarde en suçant son pouce, je prononce d'un air las :

– Je veux partir !

Encadré par mes gardes, je quitte la salle sans rien ajouter.

Quand la porte se referme derrière moi, je reconnais dans le vestibule la silhouette de mon avocate – la vraie, Maren Pataki. Elle avait promis de venir et, une fois de plus, elle arrive en retard. Or pour la première fois, cette constatation me remonte plutôt le moral. Défendu par une incapable, je n'ai aucune chance de m'en sortir ; mais après avoir tout perdu (mon travail, mon métier, ma femme, mon honneur...), sa médiocrité m'apparaît comme un élément objectif, une donnée toute simple de la condition humaine. Je ne suis pas victime d'une conspiration, mais d'une accumulation naturelle de bêtise. Pas plus qu'à son habitude, Maren Pataki n'éprouve d'ailleurs la moindre culpabilité. Elle se contente de me dire :

– Vous avez été très mauvais !

– Vraiment ?

– Oui, vraiment ! C'est pour ça que je n'arrive pas à vous défendre. Les enfants ont raison : aidez-moi, accomplissez un geste, comme Désiré !

C'est donc à moi de lui rendre service ; à moi de m'innocenter comme l'a fait son plus illustre client.

10

Pendant un mois, la dernière cigarette de Désiré Johnson avait tenu les téléspectateurs en haleine ; fin avril, le marché publicitaire atteignait son point culminant grâce à l'imagination du condamné à mort. Après la grâce présidentielle, le public mondial avait failli toutefois retomber dans la léthargie. Les annonceurs envisageaient déjà de réduire leurs budgets, quand l'horrible machination de la *Martyre Academy* avait ramené la grande masse des citoyens devant leurs écrans, faisant remonter l'audimat à des scores sans précédent depuis la dernière coupe du monde de football. Quelques polémistes n'évitèrent pas d'agiter la théorie du complot, quitte à soulever des questions indignes : cet invraisemblable groupe terroriste ne résultait-il pas d'une manipulation ? Ne servait-il pas objectivement les grands groupes de communication ? Aussitôt, une levée de boucliers avait rejeté l'idée d'un tel cynisme jouant avec la vie des otages. En rejoignant la campagne d'opinion en faveur des victimes et en appelant chacun à voter « avec son cœur », Désiré avait définitivement cloué le bec des experts en désinformation.

C'est dans ce contexte, un mois après le lancement de l'émission, qu'on découvrit enfin le nom du perdant de la première manche. Bien qu'il se soit montré fort à l'aise au cours de l'épreuve de danse moderne, il s'agissait à la surprise générale du journaliste allemand – celui-là même qui ne cessait de répéter devant la caméra : « Je suis venu dans cette région pour l'information. Me tuer, c'est tuer la liberté de la presse. » L'indignation exprimée par ses confrères (qui, dans le monde entier, militaient pour sa libération, persuadés que son métier lui valait une indulgence particulière) avait-elle joué contre lui ? Le public considéra-t-il que ce reporter en mission commandée connaissait les risques qu'il prenait ? Ou qu'un homme de quarante ans devait y passer le premier, plutôt qu'un adolescent, une femme ou une personne âgée ? Les spécialistes de l'opinion s'accordèrent en tout cas pour constater que, cette fois, l'origine et la religion du candidat n'avait joué aucun rôle déterminant dans le scrutin. Qu'ils soient originaires d'Occident, du tiers-monde, d'Asie ou des pays arabes, une majorité de votants désignaient cet homme comme perdant, tandis que le jeune Kevin et la vieille Françoise caracolaient toujours en tête. Après quatre semaines d'épreuves, l'opinion apparaissait plus « mûre », exerçant ses propres choix sans céder aux considérations extérieures. À ce point, la partie devenait vraiment intéressante, quand tout se figea dans une question terrible.

Les disciples de John Wayne allaient-ils mettre leur menace à exécution ou sauraient-ils répondre aux appels à la clémence ? Chaque matin, l'opinion publique espérait apprendre la nouvelle de la grâce du journaliste – quand bien même les recoins sadiques de l'esprit humain attendaient le pire devant la télévision. Une semaine plus tard, l'annonce de l'exécution, puis la diffusion des images refroidirent l'ardeur de ceux qui avaient fini par regarder l'émission comme un jeu. Après avoir fait agenouiller sa victime, les mains liées derrière le dos, le chef du commando l'égorgea lui-même devant la caméra, avant de brandir la tête affolée et sanguinolente. L'insupportable brutalité du document annonça le grand retour des scrupules. Des collectifs d'internautes annoncèrent le boycott de ce feuilleton morbide ; la plupart des chaînes de télévision renoncèrent à rendre compte de la *Martyre Academy*, préférant laisser les services secrets agir dans la discrétion pour la libération des prisonniers.

Tout serait peut-être retombé sans la parution de ce nouveau communiqué annonçant qu'un homme – incarcéré pour agression sexuelle sur quinze mineurs – souhaitait « se livrer au commando, en échange de la vie d'un otage ». La dépêche résumait l'affaire sordide qui avait conduit cet individu en prison dans l'attente de son jugement : un attentat à la pudeur sur une fillette de cinq ans et des soupçons concernant l'organisation d'un réseau pervers dont les enfants de la Cité administrative auraient été les victimes. Rien qui inspire la pitié… En brisant les rêves d'une fillette, cet homme avait également détruit sa propre vie, perdu son emploi et sa compagne. Il avait alors transmis à son avocate, maître Maren Pataki, cette offre dans laquelle il précisait : « En agissant ainsi, j'espère soutenir psychologiquement la petite Amandine, l'aider à chasser ses démons, et me racheter en sauvant la vie d'un innocent. »

C'était le coup de théâtre qu'on n'attendait plus. Quand elle révéla le communiqué à la presse, maître Pataki semblait saisie d'une véritable jubilation. Une nouvelle fois, son client avait trouvé la bonne idée ! Même formulée par un criminel abject, cette proposition pouvait modifier l'évolution de la *Martyre Academy*. Le scoop fut diffusé par toutes les télévisions et l'opinion recommença à débattre. Les uns pensaient qu'il fallait permettre l'échange ; les autres refusaient de transgresser les règles judiciaires, même pour épargner la vie d'un otage. Le premier point de vue l'emportait assez nettement, comme le résuma François, trente-trois ans, analyste-programmeur, au cours d'un journal télévisé : « Ce type a fait des choses horribles. C'est un malade. Mais s'il veut se racheter en sauvant un innocent, quitte à y laisser sa tête, cela veut dire qu'il lui reste un peu de dignité humaine. Pourquoi ne pas lui donner cette chance ? » Interrogée sur la chaîne Hou la la, la maman d'Amandine n'était pas de cet avis. Furieuse dans son pantalon de skaï et son blouson violet, elle prononça d'une voix indignée : « C'est pas ça qui aidera ma fille à s'en sortir, après ce qu'elle a vécu ! Aujourd'hui, elle parle plus, elle veut plus aller à l'école. Et j'ai pas encore les dommages et intérêts. C'est toujours les petits qui trinquent ! L'important c'est que ce monstre paye ce qu'il doit à la société et qu'Amandine ait un peu de confort pour se soigner. »

Comme pour répondre à cette appréhension, maître Pataki annonça qu'avant un éventuel transfert du condamné au Proche-Orient, celui-ci confierait tous ses biens à la Justice. Restait la position de principe adoptée par les autorités politiques depuis le début de l'affaire : «On ne négocie pas avec les preneurs d'otages»; un point de vue officiel combattu de plus en plus ouvertement par les principales associations de victimes : «Un salaud contre un innocent, c'est oui!», scandaient les tracts distribués au coin de la rue. L'événement déterminant, dans ce débat, fut la déclaration d'un groupe œcuménique d'évêques, d'imams et de rabbins, «invitant les autorités civiles et religieuses à tout faire pour permettre ce geste de charité qui sauve l'innocent et purifie le coupable». Dans un contexte où le poids des différentes Églises gagnait toujours en influence auprès des États, ce message de paix emporta la décision.

On s'avisa alors que nul ne s'était préoccupé de l'avis des preneurs d'otages. Comment espérer qu'une bande d'assassins libère un innocent contre un criminel? Prendraient-ils le risque de se mettre en danger en procédant à ce troc? La question restait suspendue quand un message des terroristes, sur la chaîne Allah n° 1, fit enfin connaître leur position officielle : en réponse à l'appel des autorités religieuses, ils souhaitaient montrer au monde l'humanisme de leur cause, destinée principalement à revaloriser le terrorisme ; ils acceptaient donc le principe d'un échange. Prenant en compte toutes ces données, le président de la République indiqua, dans une interview télévisée, pourquoi il se rangeait finalement à l'avis des experts religieux ; la transaction pourrait avoir lieu durant la deuxième quinzaine de juin. La date précise ne fut pas divulguée.

Quelques mois plus tard, dans une interview exclusive à la chaîne Notre Seigneur, le père El Ghoury raconta comment s'étaient déroulées ces heures dramatiques.

*

L'opération avait eu lieu en plein désert, à quelques kilomètres de la frontière syrienne. Après le feu vert des personnalités religieuses, une milice chrétienne implantée dans la région avait accepté de protéger l'expédition. Les services spéciaux devaient convoyer l'intéressé jusqu'à Beyrouth. Dans le plan accepté par les différentes parties, il était convenu qu'un représentant de l'Église maronite accompagnerait ensuite le détenu jusqu'au point d'échange. Le père El Ghoury, prélat catholique habitué à ce genre de tractations, était chargé d'assurer la réussite de la mission, conforme aux goûts d'agent secret qu'il avait développés depuis des années, sous son uniforme d'ecclésiastique.

Dès son arrivée à l'aéroport de Beyrouth, entre deux policiers en civil, le volontaire fut conduit, sous escorte de la police libanaise, vers une annexe de l'évêché. L'automobile franchit la haute muraille blanche du bâtiment où se décidaient les affaires secrètes de la diplomatie religieuse. Sortant de voiture, menottes aux poignets, le prisonnier eut le sentiment d'entrer, pour la première fois depuis son arrestation, dans un lieu préservé, loin de la pression des interrogatoires. Une fontaine s'écoulait au milieu du jardin qui sentait bon le jasmin. À peine sorti de la voiture, il vit s'avancer sur le perron un prélat en costume noir, le visage tanné, une petite croix d'argent au revers du veston et une cigarette au bec. Descendant les marches avec une démarche de vieux baroudeur, le père El Ghoury marcha vers son hôte comme s'il recevait un invité :

– Bonjour, je suis heureux de vous rencontrer, lança-t-il d'une voix rauque en roulant les *r*.

Sans prendre le temps de saluer les représentants des services spéciaux ni ceux de la police libanaise, il donna au prisonnier l'accolade comme pour le remercier d'être venu, puis il annonça :

– Nous partirons demain matin, mais j'aimerais bavarder un peu avec vous. Nous allons boire une tasse de thé et prier. Messieurs, voulez-vous détacher ces menottes ?

– Eh, ho ! C'est pas un hôtel, ici ! s'exclama l'un des hommes qui ne l'entendait visiblement pas de cette oreille.

Le prêtre se tourna vers lui, furieux :

– Selon les accords qui ont été passés, le prisonnier est à présent entre mes mains. Je le traite de la façon qui me convient, et comme un hôte de marque, si je le souhaite. Au lever du jour, je prendrai la route avec les soldats de la milice du Christ Roi pour rejoindre le lieu de la transaction. Vous attendrez mon retour ici ; un appartement est à votre disposition, de l'autre côté de la cour. D'ici là, nous n'avons plus rien à nous dire.

Libéré de ses menottes, le prisonnier suivit le prélat dans une pièce haute de plafond, encadrée de portraits religieux qui représentaient plusieurs évêques et patriarches. Les deux hommes s'assirent de part et d'autre d'une table en bois massif. Une religieuse entra dans la pièce avec un plateau et servit du thé, puis l'homme d'Église sortit de sa poche un paquet de Gauloises sans filtre et en tendit une à son interlocuteur :

– Je sais bien que, dans ce genre d'affaire, des

mensonges extravagants, des exagérations fâcheuses peuvent briser la vie d'un homme. C'est une expérience douloureuse que nous connaissons bien dans l'Église.

Pour gagner le Proche-Orient, dans la chaleur intense de la fin juin, le prisonnier avait revêtu un costume clair et une chemise légère. On l'avait laissé se servir dans sa garde-robe personnelle – comme si la Justice elle-même prenait au sérieux le choix de sa tenue, qui pouvait avoir son importance dans le jeu télévisé. Au moment de plonger dans l'horreur, l'ancien fonctionnaire municipal se sentait pourtant étrangement libre, pour la première fois depuis des semaines. Sans rien dire, il avala plusieurs bouffées de cigarette et souffla autour de lui en dessinant des volutes. Le prêtre parlait toujours :

– Les enfants des pays riches, je les trouve bien sensibles, aujourd'hui !

En minimisant le crime contre l'enfance, on aurait dit qu'il voulait obtenir un aveu. Le détenu montra un signe d'agacement :

– Peut-être bien... Sauf que je n'ai jamais effleuré la moindre petite fille !

– Si vous êtes innocent, pourquoi vous donner en otage ?

– Parce que pas une seconde on ne m'a laissé prouver cette innocence !

– Vous auriez pu attendre le procès.

– Il se serait déroulé à huis clos, pour ne pas « traumatiser» la gamine. Mon avocate est persuadée qu'il n'y a plus rien à espérer. Disons que j'accomplis ce geste pour l'honneur !

– Vous pouvez encore changer d'avis.

– De toute façon, j'ai tout perdu. Et puis... j'ai mon idée derrière la tête. À cause de cette affaire Johnson, vous savez ? Quand il a écrit « Vive la vie » avec son bouquet de fleurs.

– C'était habile de sa part, observa le prêtre. Il est devenu populaire. Avec un peu de chance, il sera bientôt innocenté et même dédommagé.

– Tant mieux pour lui. En tout cas, j'ai voulu répondre à sa théorie : « Jamais je ne ferai de mal à un vieillard, à une femme, à un enfant... »

– « ... ni à un handicapé ! » Oui, je me souviens. C'est un très vieux principe, vous savez : « Les femmes et les enfants d'abord ! »

– D'accord, mais dans ce monde si préoccupé de protéger les faibles, est-ce que l'homme, l'homme ordinaire de quarante ou cinquante ans ne mériterait pas un peu de compassion ? C'est la question à laquelle je suis arrivé en me demandant lequel des otages dc la *Martyre Academy* je préférerais sauver, si j'en avais le pouvoir.

– Comment avez-vous pu suivre cette émission ?

– Le directeur de la prison m'a laissé accéder à Internet pour me préparer... J'ai donc procédé par élimination, en commençant par cet idiot de Kevin qui gagne toutes les épreuves en exhibant sa jeunesse. Après tout, le plus jeune est aussi le plus inconscient, et probablement celui qui a le moins peur de la mort... Et puis j'ai éliminé Fernande, cette vieille dame qui veut mourir la première, comme si elle avait déjà un pied dans la tombe.

– C'est un peu dur, ce que vous dites.

– Non, c'est logique, presque scientifique, monsieur l'abbé. Le journaliste, lui non plus, n'a pas fait long feu dans mon esprit. En voilà un qui a cherché ce qui lui arrivait, en accourant sur ce terrain pour couvrir l'information. Évidemment, l'antipathie qu'il a suscitée aurait pu me le rendre sympathique. Mais son exécution ne m'en a pas laissé le temps.

– Vous auriez pu choisir l'infirmière coréenne.

– Bien sûr, elle est émouvante, dans sa mission humanitaire. Mais elle semble attirée par le malheur du monde; jamais assez proche des blessures et des souffrances. Cette fois, elle est servie... Et ne me parlez pas non plus de cet arabe, persuadé d'être épargné parce que les terroristes sont musulmans comme lui. Non franchement, si leur Dieu veut du sang, qu'ils commencent donc par prendre le sien!

Il sembla réfléchir un instant encore avant de conclure :

– En fait, un seul personnage du groupe m'a paru digne de vivre encore : ce Canadien assez stupide pour espérer s'enrichir en montant une chaîne de magasins d'alcool dans un pays en pleine guerre islamique. C'est le candidat moyennement nul, le représentant parfait de l'espèce humaine dans ce qu'elle a de sommaire, de buté, de peu émouvant – et, pour cela, de mystérieusement sublime... Quand les autres essaient de toucher le public par les sentiments humains, lui parle de son chien – son « seul compagnon » depuis que sa femme l'a plaqué. Moi aussi, j'avais un chien... Et je me suis pris d'amitié pour cet homme sans charme, cet homme entre deux âges incapable de chanter, dénué de toutes les qualités nécessaires au show-biz. Si je ne le choisis pas, celui-là n'a rigoureusement aucune chance d'en réchapper.

Une lueur était apparue dans les yeux du prêtre. Quelque chose d'ironique et de moqueur qui allait bien avec sa barbe mal rasée, sa cigarette et ses doigts jaunes ; quelque chose qui le rapprochait de son interlocuteur. Il demanda :

– Comment espérez-vous faire passer ce message ?

Le volontaire haussa les sourcils avec résignation :

– Malheureusement, je pouvais difficilement fixer mes conditions. En faisant mon offre à la Justice, j'ai simplement exprimé cette demande qui pouvait paraître sensée : que l'otage libéré à ma place soit, comme moi, un homme entre quarante et soixante ans. Maintenant qu'ils ont zigouillé le journaliste, il ne reste plus que le marchand d'alcool. J'ai fait parvenir un texte à mon avocate, et aussi à mon ancienne compagne, pour expliquer le sens de cette demande ; et je vous demande de le répéter, vous aussi, après ma mort.

– Je vous promets de le faire.

Il y eut encore un silence. Les deux hommes se regardèrent en soufflant la fumée de leurs cigarettes, puis le prêtre conclut :

– Vous allez manger quelque chose, vous reposer, et puis nous partirons. Il faudra se lever au petit matin, car la route est longue. L'échange doit avoir lieu à 15 heures précises.

Il se dressa dans son costume noir et, d'une démarche voûtée de vieux chanoine, conduisit le prisonnier vers la salle à manger.

*

Le lendemain, à l'heure dite, la voiture s'arrêta comme prévu au kilomètre 225, dans un paysage de rochers et de collines sablonneuses où s'accrochaient des buissons. Une centaine de mètres plus loin, la Mercedes du commando attendait. Assis sur la banquette arrière à côté du prêtre, le prisonnier sentit sa gorge se nouer. Quelques instants plus tard, il allait plonger dans la violence d'un jeu absurde. Sur la banquette avant, les miliciens du Christ Roi semblaient eux-mêmes impatients d'en finir. Les épaules larges comme des héros de film d'action, le fusil-mitrailleur sur les genoux, ils poussaient des toussotements de tuberculeux. Malgré leurs protestations, le Père El Ghoury avait fumé sans interruption depuis le départ, et la climatisation du véhicule – sous un soleil de plomb – les avait obligés à garder les vitres fermées. Pour respirer un peu d'air pur, ils entrouvrirent enfin leurs portières et firent signe au prisonnier que le moment était venu. Celui-ci reçut du prêtre une dernière accolade, puis il suivit ses gardes sur le sable brûlant.

En chapeaux de cow-boys, les terroristes marchaient vers eux. Pétrifié par l'angoisse, le prisonnier volontaire avançait comme un automate. Les yeux grands ouverts, il ne semblait rien voir et trébuchait à chaque pas. Enfin, les deux groupes s'immobilisèrent et les gardes échangèrent, à distance, quelques paroles en arabe. Puis les miliciens chrétiens ordonnèrent au prisonnier de faire encore vingt pas, droit devant lui, tandis que l'otage libéré devait progresser en sens inverse. Le condamné se remit en marche en fermant les yeux, pour compter méthodiquement les derniers mètres qui le séparaient du supplice. Au chiffre dix, il s'arrêta de nouveau pour regarder où il en était. Soudain, comme s'il recouvrait toute sa conscience, il poussa un cri :

– Non, ce n'est pas ce qu'on m'avait promis ! Je ne suis pas d'accord !

Face à lui, courant déjà vers la voiture chrétienne, il avait reconnu Kevin, le plus jeune des otages. Les terroristes avaient choisi cet adolescent dynamique, plébiscité par les voix du public, à la place du chef de rayon canadien qu'il souhaitait sauver. Il se retourna, désemparé ; mais l'un de ses gardes chrétiens le menaçait à présent d'un revolver en ordonnant :

– Avance encore !

Sous la menace, il effectua les derniers pas qui le séparaient des terroristes tout en s'exclamant d'une voix trahie :

– Ce n'est pas ce que j'avais demandé, ce n'est pas ce que j'avais dit !

Un membre du commando, pistolet en main, l'avait déjà saisi de sa poigne brutale et le précipitait dans la voiture en précisant dans un anglais sommaire :

– On a une morale, nous aussi.

Quoique contraire à la volonté du prisonnier, cette initiative fut accueillie favorablement par l'opinion. Seule à s'étonner de cette trahison, sa compagne fit paraître dans un journal le texte dans lequel il exposait les raisons de son geste et le choix d'un otage « de sexe masculin, entre quarante et soixante ans ». Cette profession de foi contribua à ternir sa réputation. Quelques-uns y virent une provocation ; beaucoup s'indignèrent qu'un homme suspecté de crime contre l'enfance et promis à une condamnation sévère prétende dicter le choix de la victime à sauver. On avait eu tort de le transformer en héros ; on se félicitait même que les terroristes, dans leur abjection, montrent un sens moral dont leur nouveau prisonnier semblait dépourvu.

Invité dès sa libération sur les plateaux de télé, le jeune Kevin abonda dans le même sens. Loin de remercier son bienfaiteur, il se disait dégagé de toute reconnaissance envers un homme qui n'avait rien fait pour le sauver personnellement, et qui avait même souhaité sauver quelqu'un d'autre ! Il ajouta que, depuis son enlèvement, il voulait devenir artiste ; en duo avec Britney de la

Star Académie, il chanta une chanson en hommage aux otages qu'il avait côtoyés pendant plusieurs semaines, spécialement pour Françoise, la vieille dame qui lui avait transmis « une merveilleuse leçon de sagesse ».

Au cours des semaines suivantes, le déroulement de la *Martyre Academy* connut une évolution imprévue. Dès le début de la seconde manche, les internautes découvrirent que le prisonnier volontaire surclassait tous les autres par son habileté dans les différentes épreuves. Il arriva en tête au Quiz de culture générale et – lors de l'audition de théâtre – se montra particulièrement brillant dans le monologue de *Hamlet*. Un peu moins convaincant aux épreuves de chant, il semblait pourtant bénéficier d'un apport de voix considérable – émanant peut-être de tous ces quadragénaires et quinquagénaires actifs dont il avait pris la défense dans son testament et qui semblaient s'être précipités sur leurs ordinateurs pour voter.

Le malaise grandissait dans les institutions judiciaires. Certes, le prisonnier avait sauvé la vie d'un adolescent, mais on attendait qu'il fasse profil bas au cours du jeu, pour ne pour compromettre la survie des autres. Il semblait entendu tacitement qu'il devait mourir le premier, en attendant un éventuel coup de force permettant de libérer les survivants ; on espérait même que d'autres condamnés suivraient son exemple et se livreraient aux terroristes, permettant la libération de tous les innocents et transformant la *Martyre Academy* en règlement de comptes entre malfrats.

Déjouant cet espoir, le prisonnier tenait bon. D'épreuve en épreuve, il remporta le deuxième mois de compétition qui se solda par l'exécution de la vieille dame – comme elle l'avait d'ailleurs réclamé, invoquant sa fatigue et la nécessité de sauver les plus jeunes. Le poids numérique des retraités de la planète ne suffit pas à faire pencher la balance en sa faveur ; car ils étaient moins habiles au maniement de l'ordinateur que la classe laborieuse des hommes actifs. Lorsque, après chaque épreuve, la caméra venait recueillir les confidences du prisonnier volontaire, celui tenait invariablement le même discours. On voyait son visage mal rasé et mal éclairé, dans la pénombre de la cave transformée en petit salon. Assis dans un vieux fauteuil en mousse synthétique rouge, il expliquait :

« Je veux simplement dire à Latifa que je pense à elle, aux instants de bonheur que nous avons vécus. Ensemble, nous avons goûté aux plaisirs de la vie sans trop penser à l'argent, au pouvoir, aux enfants ni aux marques de vêtements ; nous n'avons pas éprouvé le besoin de sauver notre espèce ni de transformer l'humanité ; nous avons connu le plaisir de la bonne cuisine et du bon vin, de la lecture, du cinéma, des promenades et de l'amour ! Et puisque ce bonheur-là n'est plus possible, me voilà presque content d'en finir... »

Au cours de la troisième manche, le sort parut moins favorable au nouvel otage. On se demanda toutefois s'il ne s'agissait pas là d'un retournement délibéré ; car toute une série d'épreuves l'opposaient maintenant à Daniel M., ancien chef de rayon dans un hypermarché de la banlieue de Toronto. Durant cet affrontement, on aurait dit que le volontaire s'évertuait à gâcher ses chances, malgré le niveau très bas de son adversaire. Loin de chercher à s'imposer, il s'adressait au challenger avec déférence :

– Vous savez, Daniel, moi je n'ai plus rien à perdre. Et vraiment, ça me ferait plaisir que vous puissiez retrouver votre petite maison, votre whisky et surtout votre chien...

Nullement touché par ces propos, Daniel considérait avec méfiance ce concurrent au comportement bizarre. Regardant la caméra avec un air de parfait imbécile, il se demandait à voix haute :

– Il est con ou quoi, ce mec ?

Mais le prisonnier répondait :

– Non, Daniel, je ne suis pas con. Moi aussi, j'ai eu un chien ; il s'appelait Sarko et je l'aimais beaucoup. J'espère qu'il est toujours avec ma femme !

Cet échange fut suivi par une question de géographie, énoncée par le chef du commando :

– Les Flandres se trouvent-elles en Europe, en Asie ou Amérique ?

Sans hésiter, Daniel répondit « en Asie ». Son adversaire parut réfléchir longuement, avant de répondre lui-même « en Amérique ». Ainsi, de jour en jour, il laissait l'avantage au Canadien. Les deux hommes se retrouvèrent bientôt à égalité de points malgré tous les efforts accomplis par Daniel pour gagner et par son adversaire pour perdre. Il fallut alors recourir à un nouveau vote du public et le volontaire en profita pour lancer un appel en faveur de « Daniel qui s'est bien battu, et qui a le droit de retrouver sa vie, ses soirées télé, son chien. Il a vraiment sa place dans le monde... Moi, au point où j'en suis, je ne vois pas à quoi je pourrais encore servir ». Le public, convaincu, suivit ses consignes et le désigna comme perdant de la troisième manche. Le commando annonça son exécution pour la semaine suivante, tandis que Daniel expliquait à la caméra en confidence :

– J'aime pas trop ce type, il est malsain. Mais vraiment je suis content d'avoir gagné aujourd'hui.

Il dressa son poing serré en homme fier de s'être bien battu.

Le jour de l'exécution coïncida avec la visite de Désiré à la Cité administrative. Reçu officiellement par le maire en début d'après-midi, il devait inaugurer le premier *Fumoir pour la vie* – un nouveau type d'espace fumeurs financé par la Générale de tabacs, à l'intérieur duquel les personnes intoxiquées recevaient des informations, des conseils et des soins pour renoncer à la cigarette. Après avoir coupé le ruban, Désiré grimpa sur l'estrade et s'avança vers les micros en compagnie du premier magistrat de la ville, suivi par l'avocate Maren Pataki. Il remercia le maire pour son initiative avant d'ajouter :

– Voyez-vous, monsieur le maire, je n'oublie pas que je suis devenu célèbre à cause de ma dernière cigarette. Et pour qu'elle reste la dernière, j'ai décidé d'arrêter de fumer !

Tandis qu'une houle d'applaudissements soulevait la foule, il rappela que la seule grande cause, aujourd'hui, était le sauvetage des innocents de la *Martyre Academy*. Après avoir lancé un nouvel appel aux terroristes, il ajouta une pensée pour l'homme qui devait être égorgé le jour même :

– Il mérite notre compassion, malgré les fautes qu'il a pu commettre dans le passé.

Le maire acquiesça d'un signe de tête et laissa passer quelques secondes de silence.

Au même moment, des millions d'internautes tentaient de se connecter pour suivre les images de l'exécution. Le chef du commando avait saisi les cheveux du prisonnier qui – le regard affolé devant la caméra – semblait avoir perdu son habituel détachement. Restant figé dans cette attitude théâtrale, comme s'il posait pour les téléspectateurs, le chef du commando fit passer un long couteau effilé sur la gorge de la victime qui s'écria :

– Non, je vous en prie…

Sa plainte n'eut aucun effet. Quelques secondes s'écoulèrent, puis le justicier trancha le cou de son otage tandis que le sang jaillissait et que le corps tremblait comme celui d'un canard. Avec une méthode de chirurgien sadique, l'assassin acheva de découper la tête et la brandit par les cheveux. Deux yeux encore écarquillés semblaient demander pitié à la caméra.

Cet ouvrage a été composé en Caslon par Palimpseste à Paris

Impression réalisée sur CAMERON par
BRODARD ET TAUPIN
La Flèche

pour le compte des Éditions Fayard
en avril 2005

Imprimé en France
Dépôt légal : avril 2005
N° d'édition : 58268 – N° d'impression : 29651
ISBN : 2-213-62489-5
35-33-2689-4/01